LETTRE
DE PEKIN,
SUR LE GÉNIE
DE LA
LANGUE CHINOISE,

ET LA NATURE DE LEUR ÉCRITURE SYMBOLIQUE,

COMPARÉE AVEC CELLE DES ANCIENS ÉGYPTIENS;

En réponse à celle de la Société Royale des Sciences
de Londres, sur le même sujet.

On y a joint l'Extrait de deux Ouvrages nouveaux de Mr. DE GUIGNES, de l'Académie des Inscriptions & Belles-Lettres de Paris, relatifs aux mêmes matières.

Par un Pere de la Compagnie de JESUS, Missionnaire à Pekin.

A BRUXELLES,

Chez J. L. DE BOUBERS, Imprimeur-Libraire.

M. DCC. LXXIII.
Avec Approbation & Permission.

AVIS PRÉLIMINAIRE

Par Mr. NEEDHAM, de la Société Royale des Sciences & de celle des Antiquaires de Londres, Directeur de l'Académie Impériale & Royale des Sciences & Belles-Lettres de Bruxelles, Membre de la Société Royale Basquoise, des Amis de la Patrie, en Biscaye, & Correspondant de l'Académie des Sciences de Paris.

IL me paroît peu nécessaire de prévenir le Lecteur, sur le mérite extraordinaire de la savante Lettre, que la Société Royale de Londres m'a confiée, pour la rendre publique. Il suffit de dire, qu'elle discute un sujet infiniment curieux, & très-peu connu en Europe, d'une maniere absolument nouvelle; qu'elle analyse la nature de la Langue Chinoise, avec une clarté frappante; que la maniere de présenter les différentes choses dont elle traite, & les conséquences, qui s'en suivent, est très-ingénieuse; qu'en un mot, cette Lettre, dont il n'a paru jusqu'ici qu'un simple extrait dans les *Transactions Philosophiques*, répond d'une maniere très-satisfaisante aux questions intéressantes, que cette célebre Société a faites aux savans Jésuites de la Cour de Pexin, & mérite bien

a ij

d'être communiquée toute entiere, & telle qu'elle a été écrite, à tous les savans de l'Europe.

L'unique chose que je dois me proposer ici, est de mettre le Lecteur au fait de la matiere qui y est traitée, & des raisons, qu'on a eues, tant en Europe qu'à la Chine, d'entrer dans des recherches & des discussions de cette nature. Dans cette vue, je vais, en peu de mots, en rapporter l'origine, les progrès & les principales circonstances.

Etant à Turin en 1761, j'examinai, avec beaucoup d'attention, certaines pieces Egyptiennes qui s'y conservent dans le riche Cabinet de S. M. le Roi de Sardaigne. Il me vint alors à l'esprit d'avoir une esquisse d'un ancien Buste d'Isis, portant sur le front, sur les joues, & sur la poitrine, plusieurs caracteres inconnus. Je crus entrevoir dans ces caracteres une ressemblance très-sensible, tant pour la forme, que pour la disposition, avec les Caracteres Chinois, & j'eus soin d'en faire tirer une copie fidelle (*voyez la Planche premiere à la fin de l'Avis préliminaire.*) M. Alberti, Professeur à l'Académie Royale des Fortifications & très-habile Dessinateur, voulut bien, à ma requisition, faire une esquisse du Buste, que l'on avoit jusqu'alors reconnu pour être celui de la Déesse Isis, & une copie des Caracteres qui y sont inscrits.

Cette même année, étant arrivé à Rome, j'employai aussitôt un Chinois, né à Pekin & attaché à la Bibliotheque du Vatican, à rechercher si les Caracteres inscrits sur ce Buste étoient connus dans sa Patrie, & s'il n'y avoit pas moyen de le prouver par les différens Dictionnaires Chinois, qui se trouvent dans cette riche Bibliotheque. Pendant cette recherche, je m'appliquai de mon côté, avec une assiduité constante, à copier moi-même & à faire copier par mes amis, un grand nombre de différens Caracteres qui se trouvent à Rome sur des Obélisques & autres monumens indubitables d'Egypte; afin de fournir nouvelle matiere de travail à l'interprête Chinois, en cas que nos premieres recherches fur les Caraƈteres d'Egygte euffent été heureufes, & de prévenir les doutes qu'on auroit pu former contre l'antiquité ou la vraie origine du Bufte ; en accumulant des preuves nullement équi-voques, tirées des autres monumens inconteftables du Pays. Le certificat fuivant, qui me fut donné par tout ce qu'il y avoit alors de plus diftingué parmi les étrangers & les Savans à Rome, contient le réfultat de nos recherches après plu-fieurs mois de travail. J'en conferve encore l'original, qui a été vu par prefque tous nos gens de Lettres de la ville de Londres.

CERTIFICAT

DE plufieurs perfonnes diftinguées par leur Nobleffe & d'autres très-connues dans la République des Lettres, qui fait foi du progrès de la découverte de M. NEEDHAM, *fur l'identité des anciens Caraƈteres Égyptiens & Chi-nois.*

CAraƈteres Egyptiens, pris des monumens publics à Rome & ailleurs, & confrontés avec des Caraƈteres pareils dans le grand Diƈtionnaire Chinois (*) au Vatican, gravé à Pekin en vingt-fix volumes.

1°. Vingt-neuf Caraƈteres, dont quelques-uns font compofés, fur le Bufte qu'on trouve à Turin, dans le Cabinet Royal des An-tiquités, publiés par Mr. NEEDHAM.

(*) Le titre Chinois du Diƈtionnaire eft *Tching-tfee-Tong.*

2 °. *Deux cens & deux Caractères*, pris d'un moule fait à *Venise*, par ordre de *Mr. Jenings*, *Gentilhomme Anglois*, & actuellement en sa possession, sur un marbre noir quarré, qui contient, outre ces caractères, plusieurs figures Hiéroglyphiques.

3 °. *Soixante & dix Caractères*, pris des *Obélisques Barbérien & Lateran*, les deux *Lions* aux termes *Dioclétiennes*, les deux *Sphinx* dans la *Villa Borghese*, les deux *Statues Egyptiennes* dans la *Villa Albani*, & de la *table d'Isis à Turin*.

Nous soussignés attestons & certifions qu'une grande partie desdits *Caractères*, cités ci-dessus, nous ont été montrés dans le *Dictionnaire Chinois*, & que nous n'en avons point trouvé qui ne fussent conformes à l'original, particuliérement ceux du *Buste*, qui ont été gravés dans la *Dissertation de Mr. Needham*, que nous avons examinés avec plus d'attention.

Fait à Rome le 25 Mars 1762.

Le Chevalier Lyttellon.

Le Bailli de Breteuil, *Ambassadeur de Malthe à Rome*.

Le Duc de Grafton.

Milord Tavistoch.

Le Duc de Roxburghe.

H. James, }
R. Smith, } *Gentilshommes Anglois*.

Thomas le Seur, }
François Jacquier, } *Professeurs au College de la Sapienza*.

Ridolfino Venuti, *Antiquaire de Sa Sainteté*.

Il seroit fort inutile, après des faits de cette nature, de vouloir répondre aux chicanes que certains Savants ont avancées à Rome, à Turin & à Paris contre la réalité de mes observations, & les inductions que j'en ai tirées en faveur du système de Mr. de Guignes, dont le nom est assez connu dans la République des Lettres. En effet, quand il y auroit quelqu'autre Dictionnaire, où feroient contenus les anciens Caractères Chinois; quand même, j'aurois dû le confulter dans mes recherches fur la vraie identité des anciens Caractères Égyptiens & Chinois, préférablement au *Tching-tfee-tong*, Dictionnaire moderne ; ce n'eft pas moins un fait conftant, que les Caractères Égyptiens, dont le certificat fait mention, ont été vus dans le *Tching-tfee-tong*; que le bruit qui a été répandu à Rome par certains Savans fceptiques contre la bonne foi du Chinois, comme s'il avoit falfifié le Dictionnaire, a été reconnu faux, dans le même temps, par les témoins refpectables qui ont figné le certificat ci-deffus, & que rien n'empêche, que, parmi quatre-vingt mille Caractères, ou environ, contenus dans le *Tching-tfee-tong*, plufieurs Caractères anciens ne s'y trouvent mêlés parmi les modernes, dont les Chinois d'aujourd'hui confervent encore l'ufage. C'eft ainfi qu'on pourra, fi l'on veut, conftruire un Dictionnaire des anciens mots Gaulois qui ne font plus en ufage ; mais on ne pourra nullement conclure de-là, que ce Dictionnaire eft la feule fource qu'il faudroit confulter, fi on vouloit déchiffrer une infcription Gauloife quelconque ; car le fond de la Langue Françoife moderne, eft la Langue Gauloife ancienne, comme celui de l'Angloife eft la Saxonne, & il y refte encore en ufage plufieurs mots anciens, Gaulois & Saxons, tant en France qu'en Angleterre. En effet, de trente-deux Caractères infcrits fur le Bufte d'Ifis, les feuls de tous les Caractères, dont le certificat Romain fait mention, qui ayent été vus à Pekin, cinq ont été reconnus comme encore en ufage à la Chine, (*Voyez page 19 de la Lettre*) & les autres peut-être n'ont paru étrangers, que parce qu'il eft impoffible, qu'aucun Savant de ce pays puiffe connoître à vue tous les Caractères contenus dans le *Tching-tfee-tong*, ou autrement en ufage chez les Chinois, dont le nombre monte au-delà de quatre-vingt mille. On verra dans la Lettre même de Pékin, que j'ai raifon d'appliquer cette réponfe à certaines objections qu'on a faites autrefois contre mes obfer-vations, & qu'il s'agit ici non pas de chercher des proba-bilités pour éblouir le public contre des faits, mais de les ex-pliquer le mieux qu'on pourra, d'après ce que nous connoif-fons, & d'en tirer des conféquences directes.

Ces conféquences font la fauffeté de la prétendue antiquité Chinoife, antérieure à celle qui eft établie par nos livres fa-crés, & la liaifon jadis prouvée par l'identité de leurs Ca-ractères anciens, entre les Chinois & les Égyptiens; foit que provenus de la même fouche, leurs Ancêtres communs, euf-fent en ufage parmi eux l'écriture Hierogliphique & Carac-tériftique, avant le Déluge, qu'ils ont tranfmife à leur pofté-rité, comme le favant Auteur de la Lettre de Pekin le pen-fe; foit que cette liaifon entre ces deux nations éloignées fe foit formée long-tems après l'union, & la difperfion, qui fe fit dans la fuite, des hommes dans les plaines de Sen-naar, par commerce ou par colonie, comme le célebre Mr. De Guignes paroît le croire.

Pour mettre le Lecteur entiérement au fait de ces deux conféquences importantes, dont il y a des preuves convain-cantes dans la Lettre qui fuit, je ne puis mieux faire que d'ajouter à cette Préface l'abrégé de deux Ouvrages nou-veaux de Mr De Guignes, tiré mot pour mot du Journal des Savans, pour les deux mois de Mars 1771. page 136 & d'Avril 1772. page 200 & fuivantes.

Ces deux Extraits intéreffans ferviront d'introduction à la Lettre de Pekin, en éclairciffant d'avance les diverfes ma-tieres dont elle traite, & en ajoutant des preuves fatisfai-fantes à celles dont l'Auteur fe fert en faveur des confé-quences qu'il en tire; ils difpoferont auffi l'efprit du Lecteur à profiter des connoiffances tout-à-fait nouvelles qu'elle fournit fur la langue & l'écriture Chinoife.

On trouvera, à la fin de cet Avis préliminaire, deux nou-velles Planches que j'ai ajoutées aux autres, & qui font re-latives à mes opérations & à mes recherches à Rome.

La premiere préfente la figure du Bufte d'Ifis, qui fe trouve à Turin, dans le Cabinet de S. M. le Roi de Sar-daigne, dont les Caracteres, infcrits fur la figure, comme on les voit, ont donné occafion à mes recherches, & m'en ont fourni la premiere idée.

La feconde Planche contient les mêmes Caracteres, d'a-près la copie faite par Mr. Bartoli, Antiquaire de S. M. le Roi de Sardaigne, confrontés avec ceux que j'avois déja publiés à Rome. C'eft une juftice que je me devois à moi-même, parce que ce même Antiquaire prétendoit alors que j'avois falfifié ou défiguré les Caracteres. On verra, en les comparant enfemble, fi quelques légeres fautes de mon co-pifte étoient d'une conféquence à m'attirer un pareil reproche.

PREMIER EXTRAIT
DU JOURNAL DES SAVANS,
SUR LE CHOU-KING.

LE CHOU-KING eft un des livres facrés des Chinois, qui renferme le fondement de leur ancienne Hiftoire, les principes de leur Gouvernement & de leur morale, Ouvrage recueilli par Confucius, environ cinq cens ans avant Jefus - Chrift.

LE P. Gaubil avoit autrefois envoyé de Pékin, la traduc-tion en François qu'il en avoit faite. Mr. de Lifle avoit tiré de l'original qui s'eft perdu, une copie fur laquelle ont été faites deux autres copies, l'une poffédée par Mr. de Gui-gnes, & l'autre confervée à la Bibliotheque du Roi. Toutes

deux font défectueufes, & ne peuvent être exactement cor-
rigées l'une par l'autre. C'eft ce qui a déterminé Mr. de
Guignes à comparer la Traduction avec le texte Chinois.
Cet examen lui a fait connoître que le P. Gaubil ayant
plutôt paraphrafé que traduit, s'étoit fouvent écarté du laconifme & de la précifion qui regnent par-tout dans l'original. Ce Jéfuite s'eft pourtant moins donné de liberté que le
P. Couplet, qui a traduit auffi des Ouvrages Moraux de
Confucius. Pour préfenter, autant qu'il étoit poffible, l'Ouvrage Chinois avec le caractere qui lui eft propre, Mr. de
Guignes, l'a relu à plufieurs reprifes, afin d'en bien faifir la
penfée, & dans les endroits difficiles il a confulté les Commentateurs Chinois. Ce travail l'a mis à portée de refondre
& d'abréger la traduction du P. Gaubil, en lui communiquant
plus de force & d'exactitude. Il ne prétend pourtant pas
avoir par-tout faifi la précifion fentencieufe du texte; mais il
fe flatte que fon travail fera utile à ceux qui voudront s'appliquer à l'étude du Chinois; & c'eft un des objets qu'il
s'eft propofé. Il auroit pu fupprimer quelques répétitions,
mettre plus d'ordre dans quelques Chapitres; & retrancher
après le P. Gaubil, quelques manieres de parler fingulieres;
mais c'eût été donner à l'Ouvrage une parure étrangere, &
lui faire perdre l'air original qui lui appartient. Il a confervé
les notes ajoutées par le P. Gaubil, pour réfuter ceux qui accu-
fent les Chinois d'Athéifme : mais, dans la traduction des
textes relatifs à cette matiere, libre de toute prévention
& de tout defir d'entrer dans cette difpute, il n'a fuivi que
les loix de la fidélité. Il a de plus ajouté des fommaires à
chaque chapitre, traduit quelques paragraphes qui manquoient dans les deux copies, & rétabli par-tout la prononciation des noms Chinois.

L'Ouvrage en lui-même eft un Livre tenu pour facré par
une nation fage & éclairée, il eft la bafe de fon Gouverne-

ment, l'origine de fa légiflation, le livre dans la lecture du-
quel fes Souverains & les Miniftres doivent fe former, la
fource la plus pure & la moins équivoque de fon hiftoire, le
plus important des livres facrés de la Chine, pour lequel
on n'a pas moins de vénération que nous n'en avons pour
les textes de l'Écriture Sainte, & auquel on n'oferoit changer un feul de fes Caracteres qui tous ont été comptés, &
font au nombre de vingt-cinq mille fept cens. Il fe diftingue
par l'auftérité de fa morale. Par-tout il enfeigne la vertu,
l'attachement le plus inviolable au Souverain, le plus profond refpect pour le culte religieux, la plus parfaite fou-
miffion aux Magiftrats. Il prefcrit les devoirs de ces Magiftrats & de tous les Officiers envers les peuples, regardés
comme les enfans du Souverain, & les obligations du Souverain lui - même, auquel on accorde à peine quelques
délaffemens.

C'eft par les loix contenues dans cet Ouvrage qu'anciennement les Chinois, admirés de toutes les nations, ont
été pris pour arbitres par leurs voifins. On feroit tenté de
croire que la morale du Chou-king a été puifée dans les écrits
des Stoïciens, fi l'on ne favoit pas que la mort de Confucius, qui n'a été que le compilateur & le révifeur d'un livre
dont les différentes parties exiftoient avant lui, a précédé
les fondateurs de cette Secte. C'eft donc un des plus anciens
livre que nous ayons; s'il en faut même croire les Chinois,
on y trouvera des parties qui remontent à la plus haute
antiquité; car ils penfent que les Chapitres qui concernent
Yao & *Chun* ont été compofés par des Auteurs contemporains.
Or, fuivant la Chronologie ordinaire des Chinois, *Yao* regnoit vers l'an 2357 avant Jéfus-Chrift. Mais Mr. de Guignes
n'eft pas fi crédule, ni fur l'ancienneté de ces Chapitres,
ni fur celles des faits qui y font racontés. Il y remarque même
des détails qui font naître de violens foupçons fur l'ancien état

de l'Empire Chinois. Il paroît durant les deux premieres Dynasties, c'est-à-dire, jusqu'à l'an 1122 avant Jesus-Christ, renfermé dans un territoire très-borné, & même dans un seul canton, qu'on quittoit lorsque la nécessité des vivres forçoit d'en chercher un autre. A cette époque Von-vang, fondateur de la troisieme Dynastie, partant de l'Occident avec 3000 hommes, s'empare de la Chine, renferme dans une Ville tous les anciens Sujets de l'Empereur détrôné, leur donne de nouvelles loix, & parvient à changer toute la Nation. Tcheou-kong, frere du Conquérant en fut le véritable Légiflateur. Par les soins le Gouvernement prend une nouvelle forme, les cérémonies religieuses font mieux réglées, on commence à s'appliquer à la Philofophie. Un chapitre du Chou-king contient les idées qu'on avoit alors de cette fcience: il a quelque rapport, dit Mr. de Guignes, avec le Traité d'Ocellus Lucanus; mais il eft plus imparfait, parce qu'il eft plus ancien. Alors l'Empire avoit encore peu d'étendue. Les troubles, qui survinrent depuis, firent oublier les sages établissemens de Tcheou-kong; les monumens hiftoriques furent négligés jusqu'au tems de Confucius vers l'an 550 avant notre Ere. Ce Philofophe les raffembla en un seul corps avec des Mémoires concernant l'établissement de la troisieme Dynaftie, & des principes de légiflation; mais on n'a pas tous les Chapitres qui exiftoient anciennement. Ce qui refte du Chou-king n'eft pourtant pas seulement un Traité de Morale & de Politique : on doit le regarder comme l'*unique monument de l'ancienne Hiftoire de la Chine*, parce que les inftructions morales & politiques n'y font rapportées qu'à l'occafion des événemens.

Ce n'eft pas qu'il ne laiffe bien des lacunes dans l'ancienne Hiftoire de la Nation. Il n'y eft parlé que de vingt Empereurs, qui ne se succedent même pas immédiatement, & dont quelques-uns ne font qu'indiqués. On commence par

Yao & par *Chun*, enfuite on vient à la premiere Dynaftie, nommée *Hia*, dont cinq de fes Empereurs font nommés, les douze autres font omis. Des vingt-huit Empereurs de la feconde, cinq feulement font défignés. Enfin, dans la troifieme, jufqu'au regne de *Ping-vang*, 770 ans avant Jefus-Chrift il n'eft queftion que de fix Empereurs, on garde le filence fur les huit autres. On n'y trouve d'ailleurs ni époque, ni date, ni durée des regnes, fi l'on excepte les regnes de quatre ou cinq Princes. Le Cycle Chinois n'y eft employé que pour défigner les jours, au lieu que les Hiftoriens poftérieurs l'ont adapté aux années.

Pour donner une idée plus exacte de l'Hiftoire ancienne de la Chine, M. de Guignes a rapporté entre les différens Chapitres de ce livre, 1°. l'Hiftoire des Princes mêmes dont parle le Chou-king, parce qu'elle n'y eft pas complette. 2°. Celle des Princes omis. Il a tiré ces additions d'un ancien Ouvrage Chinois, intitulé *Tfou chou*, compofé avant l'incendie des livres, vers l'an 297 avant Jefus-Chrift, & découvert vers l'an 285 de l'Ere Chrétienne. Il y a joint quelques remarques tirées d'un Ouvrage authentique, univerfellement eftimé à la Chine, qui porte le titre de *Kang mo*.

Ces obfervations feront connoître les variations & les incertitudes de la Chronologie Chinoife. Enfin, aux remarques du P. Gaubil tirées des Commentateurs Chinois, il en a ajouté d'autres, lorfqu'il les a jugé néceffaires. Mais pour ne pas les trop multiplier, il a renvoyé à la fin de l'Ouvrage une fuite de notes qui forment une efpece d'effai fur les antiquités Chinoifes, & qu'il a tirées de livres eftimés à la Chine.

Le ftyle du *Chou-king*, dit Mr. de Guignes, furpaffe en fimplicité, en nobleffe, en élévation tout autre ftyle. Vérité dans les idées, élégance & concifion dans les expreffions. Souvent chaque membre d'une phrafe eft compofé d'un même nombre de caracteres, qui riment & jouent en quelque forte entr'eux. Mais ce qui le rend fort difficile à entendre, c'eft qu'en Chinois il n'y a aucune marque de déclinaifon, de conjugaifon, de temps, de perfonnes, ni prefque point de particules.

Voici un échantillon de leur maniere de s'exprimer. *Faire bien, arriver lui cent bonheurs, faire non bien arriver lui cent malheurs*, pour dire que *celui qui fait le bien eft comblé de biens, celui qui fait le mal eft accablé de maux*.

S'il en faut croire les Chinois, dès la plus haute antiquité, la rédaction de l'hiftoire n'étoit pas abandonnée à toutes fortes de perfonnes; l'Empereur & les Princes tributaires avoient chacun leurs Hiftoriens publics. Il y en avoit même de deux efpeces fous les deux premieres Dynafties, l'un appellé l'Hiftorien de la gauche, qui étoit chargé d'écrire les paroles des Princes, l'autre l'Hiftorien de la droite qui écrivoit leurs actions. Sous la Dynaftie fuivante on en ajouta encore deux. La fidélité qu'ils apportoient à cette compofition eft célébrée. Plufieurs ont mieux aimé s'expofer à la mort que de ne pas inférer dans leurs Annales les défauts des Souverains. Le grand Hiftorien étoit un des principaux Officiers de l'Empire, & n'étoit pas moins confidéré que le premier Miniftre. La vérité de ce récit fuppofée, quelle perte ne caufa pas la barbarie de l'Empereur *Chi-hoang-ti* qui fit brûler les anciens monumens hiftoriques l'an 213 avant Jefus-Chrift, avec quatre à cinq cens Lettrés, & ne conferva que les livres des fciences & l'hiftoire de fa famille. Nous verrons dans la fuite le motif d'une pareille entreprife. L'Empereur *Venti*, trente-fept ans après, fit rechercher les livres qui avoient pu échapper aux flammes, & découvrit entre autres le Chou-king. La charge de grand Hiftorien fut rétablie, & *Se-ma-tfien*, qui en fut revêtu, recueillit vers l'an 97 avant Jefus-Chrift, ces débris en petit nombre, compofa des Mémoires fur l'ancienne hiftoire, & forma un fyftême de Chronologie. C'eft la premiere hiftoire complette de la Chine qui exifte à préfent. Dans la fuite, & de fiecle en fiecle, on publia l'hiftoire de chaque Dynaftie, où fe trouvent tous les détails relatifs à la vie des Princes, des grands Officiers, des Miniftres, au Gouvernement, à la Phyfique, & en général aux Sciences & aux Arts. Ce Recueil d'hiftoire authentique, compofée par des Hiftoriens publics, eft tout entier à la Bibliotheque du Roi ; on le connoît fous le nom des vingt-un Hiftoriens

Après cette premiere claffe d'Hiftoriens authentiques, les Chinois placent les Chroniques. Quelque tems après l'incendie, on en trouva une petite compofée par Confucius, qui fervit de modele pour d'autres plus étendues. Les plus confidérables font à la Bibliotheque du Roi. Vers le premier fiecle de l'Ere Chrétienne, pour imiter les Anciens, on fit revivre la charge d'*Hiftoriens de l'intérieur*, obligé d'écrire ce qui fe paffoit & difoit au-dedans du Palais : elle fut donnée à une femme. On en vit éclore beaucoup de Mémoires, qui revus par des Miniftres & des Savans furent publiés au 7 fiecle de l'Ere Chrétienne.

Outre ces trois claffes de Livres Hiftoriques, les Chinois ont compofé diverfes Hiftoires particulieres de l'Empire, des Chroniques & des Mémoires, qui, n'étant pas revêtus de l'autorité publique, font moins authentiques que les précédens, & forment trois claffes d'un ordre inférieur. On ne laiffe pas d'y trouver des morceaux très-curieux, par exemple, une petite Chronique appellée *Tfou-chou*, feul monument fuivi qu'aient les Chinois fur leur ancienne Hiftoire. Des foupçons fur fon autorité n'ont pas permis de le ranger dans les premieres claffes.

Une feptieme claffe renferme des Ouvrages compofés fur les difficultés que préfente l'Hiftoire, fur le Caractere des Hiftoriens, ou fur quelques points particuliers.

Dans une huitieme, on range les Collections des Régle-
mens faits fous les différentes Dynasties, l'Histoire du Gouvernement, les Monnoies, le Commerce, &c. La liste &
l'Histoire de tous les Officiers publics, les Collections d'Ordonnances fur les peines décernées contre les criminels, forment encore deux claffes d'Ouvrages.

La Géographie est l'œil de l'Histoire; aussi n'a-t-elle pas
été négligée par les Chinois. On peut même dire qu'ils font
riches en ce genre, quoique leurs Cartes foient mal faites.
,, Celles qui fe trouvent dans leurs Ouvrages, dit le Sa-
,, vant Académicien, ne préfentent qu'un amas de noms
,, placés feulement au Nord, ou au Sud, à l'Orient ou à
,, l'Occident d'un fleuve ou d'une montagne. " Néanmoins
rien de plus détaillé que la defcription de l'Empire faite par
ordre de l'Empereur Kan-hi. Cet Ouvrage immenfe, qui fe
trouve à la Bibliothéque du Roi, est en plus de 300 volumes, & contient quinze parties, felon le nombre des Provinces. Rien n'y est oublié. Enfin les 12, 13 & 14 claffes
de Livres Hiftoriques contiennent les Calendriers, les Gé-
néalogies, la connoiffance des familles, les tables Chrono-
logiques, & les Dictionnaires Hiftoriques. Les Chinois ont
encore eu l'attention de conferver dans de grands Recueils
tous les petits Ouvrages qui pourroient fe perdre. Deux de
ces Recueils fe trouvent à la Bibliotheque du Roi qui n'est
pas moins riche dans les autres parties de la Littérature
Chinoife.

Cette Nation partage tous fes livres en quatre claffes.
La premiere est celle des Livres Sacrés, dans laquelle elle
comprend tout ce qui concerne l'étude de la Langue : la
feconde celle des Hiftoriens : la troifieme celle des Philo-
fophes, & la quatrieme celle des mêlanges, comme Poéfie,
Eloquence, &c.

Rien de plus louable que les attentions des Chinois pour
leur

leur Hiſtoire. Des Savans choiſis, & à portée de ſavoir tout ce qui ſe paſſe dans le Gouvernement, écrivent ſéparément ce qu'ils apprennent, & dépoſent ces Manuſcrits dans un Bureau fermé, qui ne s'ouvre qu'après l'extinction de la famille regnante.

Alors on compoſe l'Hiſtoire de la Dynaſtie après l'examen de tous ces écrits. Il y a, dans les Provinces, de ſemblables Bureaux qu'on ouvre tous les quarante ans, pour compoſer l'Hiſtoire de chaque Province. Comme il eſt honorable pour les familles d'être nommées dans l'hiſtoire, elles trouvent le moyen, avec de l'argent, de faire gliſſer dans les Bureaux des détails flatteurs & altérés : probablement les graces du Prince produiſent à la Cour le même effet. La nature d'un ſi bel établiſſement n'en fait pas moins d'honneur à la Nation.

Tant de précautions pour la vérité de l'Hiſtoire, tant d'Ouvrages Hiſtoriques ont ſéduit les Miſſionnaires & les Savans de l'Europe. Pluſieurs ont cru que la Chronologie Chinoiſe étoit préférable à tout ce que nous avons en ce genre. D'autres Ecrivains ont été encore plus loin pour prolonger l'antiquité du monde. Combien de fois n'a-t-on pas cité les Annales Chinoiſes comme remontant, ſans interruption, depuis le tems préſent juſqu'au regne d'Yao vers l'an 2357 avant Jeſus-Chriſt, comme écrites, dans toutes leurs parties, par des Auteurs contemporains, comme bien circonſtanciées, & fondées ſur des obſervations Aſtronomiques qui ſe trouvent conformes au calcul de nos plus Savans Aſtronomes ? Cet éloge eſt magnifique, mais eſt-il vrai ? Il ne l'eſt qu'à certains égards; il eſt faux à d'autres. Suivons le ſavant Académicien dans l'idée qu'il en donne.

L'immenſe Recueil des vingt-un Hiſtoriens contient environ cinq cens volumes, dont quatorze renferment tous les Mémoires Hiſtoriques depuis Yao juſques vers l'an 200 avant

c

Jesus-Christ, le reste appartient aux tems postérieurs : de
ces quatorze volumes, sept ne contiennent que quelques tables Généalogiques. On voit déja que, pour les tems anciens, l'Histoire doit se réduire à peu de chose. Mais, pour
établir son parallele, Mr. de Guignes examine un abrégé
universellement estimé à la Chine, dans lequel on a employé
ces Mémoires, en supprimant les répétitions. Il est intitulé
Tong kien-kang-mo. L'exemplaire de la Bibliothéque du Roi
est en cent volumes, celui de Mr. de Guignes en 56, parce
que le caractere en est plus petit. La moitié du second volume, c'est-à-dire 75 pages & le troisieme volume entier,
qui est de 111 pages chargées de notes plus amples que le
texte, présente l'Histoire depuis le regne d'Yao jusqu'au commencement de la troisieme Dynastie, c'est-à-dire, toute l'Histoire de la premiere qui a duré 440 ans, & celle de la seconde qui a subsisté 646 ans. Ajoutez 150 ans pour les regnes d'Yao & de Chun. Telle est l'étendue de l'Histoire de
la Chine pendant environ les 1236 premieres années.

L'Histoire de la troisieme & de la quatrieme Dynastie jusqu'à l'an 207 avant Jesus-Christ devient plus étendue, à me-
sure qu'elle s'éloigne des tems anciens ; elle occupe neuf volumes. Dans les quarante-quatre autres se trouve toute l'Histoire depuis l'an 207 avant notre Ere jusques vers l'an 1368
de Jesus-Christ. Quelle disproportion entre ces différentes
parties : quelle disette de détails dans la premiere qui renferme douze siecles, sur laquelle néanmoins peuvent seulement insister ceux qui sont entêtés des Antiquités Chinoi-
ses. Que sera-ce encore, si l'on réfléchit que cette partie offre de longs discours moraux, tirés du *Chou-king*, & aussi
incapables de servir à la Chronologie qu'à l'Histoire ?

Mais peut-être cette premiere partie offre-t-elle au moins
une suite de regnes, de générations, & d'observations As-
tronomiques ? D'abord on n'y voit, pour les douze premiers

fiecles, qu'une feule éclipfe de Soleil, énoncée d'une maniere très-obfcure dans le texte du *Chou-king*, où elle eft rapportée. Le texte porte que fous le regne de *Tfong-kan*, ,, au ,, premier jour de la derniere Lune d'Automne, le Soleil ,, & la Lune en conjonction n'ont pas été d'accord dans ,, *Fang.* " Le P. Gaubil avertit que l'expreffion n'a *pas été d'accord* défigne une éclipfe du Soleil, & que *Fang* eft une conftellation qui commence par l'étoile du ⋆ du Scorpion, & finit par ⌙ occidental près du cœur du Scorpion.

Mr. Freret & d'autres ont differté fur cette éclipfe ; les Aftronomes Chinois en ont fait autant de leur côté ; & jamais on n'a pu s'accorder pour le calcul, parce que le *Chou-king* ne marque ni l'année du regne de l'Empereur, ni le jour du cycle où le phénomene arriva. Le P. Gaubil, qui le fuppofoit de la fixieme année du regne de *Tfong-kan*, l'a fixé à l'an 2154 avant Jefus-Chrift. M. Freret, partant de la même fuppofition, & conformément au calcul de M. Caffini, le place à l'an 2007. Une obfervation Aftronomique fujette à une incertitude pareille eft-elle propre à fixer la Chronologie ?

Le Chou-king parle encore d'une obfervation des Solftices du temps d'Yao, mais avec fi peu de détail, & avec tant d'obfcurité qu'elle laiffe dans le même embarras, & divife les Aftronomes ; parce que, pour le calcul, il faut partir de quelque hypothefe halardée & incertaine. Dans le fecond efpace de temps, c'eft à-dire, depuis l'an 1122 jufqu'à l'an 722 avant Jefus-Chrift, il eft queftion d'une autre obfervation de Solftice, fous le regne de *Vou-vang* vers l'an 1104 avant Jefus-Chrift. C'eft, felon Mr. Freret, la premiere de cette efpece qui ait quelque certitude. De-là jufqu'à l'an 776 on ne trouve qu'une éclipfe arrivée cette année même fous le regne d'*Yeou-vang*. C'eft à quoi fe réduifent toutes les obfervations Aftronomiques durant les feize premiers fiecles de l'hiftoire Chinoife.

c ij

Comment peut-on donc foutenir que cette hiftoire, par une chaîne Chronologique fondée fur des calculs certains d'Aftronomie, remonte aux plus anciens temps ? Il eft vrai que vers l'an 722 avant Jefus-Chrift les obfervations commencerent à fe multiplier. Depuis cette époque jufqu'à l'an 480 avant l'Ere Chrétienne, Confucius, dans un Ouvrage de fa façon, intitulé *Tchun-tfieou*, a rapporté 36 éclipfes avec une exactitude propre à fixer la Chronologie ; il y en a du moins 31 parfaitement conformes au calcul Aftronomique.

Il eft très-fingulier, comme Mr. de Guignes l'obferve avec raifon, que les Chinois, dont on vante fi fort les connoiffances Aftronomiques, n'aient marqué dans leurs Annales que deux éclipfes pendant l'efpace de quinze cens ans, & cela d'une maniere fi équivoque, tandis que leurs obfervations fuivies & propres à fixer la Chronologie ne commencent qu'en 722 avant Jefus-Chrift. Il ne l'eft pas moins que cette derniere circonftance concoure avec l'Ere de Nabonaffar qui fervoit de bafe au calcul des Aftronomes Grecs. Cette Ere qui avoit commencé le 26 Février de l'année 747 avant Jefus-Chrift, à midi fous le Méridien de Babylone, ne précéde que d'une vingtaine d'années l'époque de *Tchuntfieou*. Il y a beaucoup d'apparence, conclut Mr. de Guignes, que Confucius, Auteur de cet Ouvrage, qui eft né 550 ans avant Jefus-Chrift, avoit eu connoiffance des obfervations Aftronomiques faites à Babylone, & que ces obfervations ont fervi au progrès de l'Aftronomie chez les Chinois.

On fait, fur le rapport de Porphyre & de Simplicius, que, durant le féjour d'Alexandre à Babylone, Callifthene découvrit des obfervations Aftronomiques, dont quelques-unes avoient 1903 ans d'ancienneté, ce qui remonte à l'an 2234 avant Jefus-Chrift. Or, fuivant plufieurs Chronologiftes Chinois, Yao qui établit à la Chine des Aftronomes, & fous qui l'on fit l'obfervation des Solftices, regnoit en 2227 avant Jefus-Chrift, ce qui ne differe que de fix à fept ans de l'époque donnée par Callifthene. Cet accord doit furprendre. D'ailleurs Ariftote témoigne que les Egyptiens avoient de très-anciennes obfervations Aftronomiques : il parle d'une conjonction des Planetes avec les étoiles fixes, qui étoit de la plus haute antiquité. Les Chinois parlent d'une conjonction abfolument femblable qu'ils rapportent au regne de Tchuen hio, c'eft-à-dire, à des tems incertains dont on n'a que des connoiffances confufes. Les Chinois auroient-ils donc eu quelque connoiffance de ces obfervations, & les auroient-ils appropriées à leur Hiftoire ? Je ne décide rien fur ce fujet, dit Mr. de Guigues ; mais ce rapport a quelque chofe de frappant.

Le favant Académicien, jettant enfuite un coup-d'œil fur les regnes des premiers Empereurs de la Chine pendant les douze premiers fiecles, n'y trouve que de l'incertitude. L'Hiftoire ne lui offre qu'une fimple Table Chronologique, prefque entiérement deftituée de détails. Quant aux regnes de Fohi, de Chin-nong, & de Hoang-ti, l'Hiftoire n'offre que des fables. L'époque du regne de Fo-hi eft placée par les uns à l'an 2952, par d'autres à l'an 3300 avant Jefus-Chrift, & cela fur des fuppofitions arbitraires. L'Hiftoire de ce Prince & de fes fucceffeurs jufqu'à Yao, n'a été écrite qu'après le commencement de l'Ere Chétienne, & tient de l'incertitude des temps fabuleux.

Elle commence à marcher d'un pas plus fûr dès les regnes d'Yao & de Chun ; mais les Chronologiftes Chinois ne peuvent s'accorder fur les époques. Une multitude d'opinions différentes les divife fur le commencement du regne d'Yao, & cette différence s'étend depuis l'an 2000 jufqu'à l'an 2411 avant Jefus-Chrift. Ils ne font pas plus d'accord fur l'Hiftoire des deux Dynafties fuivantes, celles de Hia & de Chang.

Tel Prince à qui un Historien donne 18 ans de regne, en a cinquante-un suivant un autre Historien. La durée totale de la Dynastie de Hia sera de 471 ans, de 482, ou de 440, selon qu'on se décidera pour tel ou tel Historien. Celle de la Dynastie nommée *Chang* sera pareillement, ou de 496, ou de 600 ou de 645 ans.

Que sera-ce, si, à cette incertitude de la Chronologie, on joint la stérilité dans les détails historiques? Les articles qui concernent les regnes d'*Yao*, de *Chun* & d'*Yu* doivent leur étendue à de longs discours moraux tirés du *Chou-king*, & au récit de quelques sacrifices. L'Histoire des Empereurs suivans n'est pas plus fertile en événemens. Tout n'y est presque indiqué que d'une maniere vague : on ne connoît même que les noms de quelques Empereurs.

La seconde Dynastie n'est pas mieux traitée. Les descendances Généalogiques, qui ont rapport à ces deux Dynasties, ne sont ni mieux suivies, ni plus certaines. Elles offrent des contradictions & des difficultés qui donnent de l'exercice aux Lettrés Chinois. ,, Par exemple, les Fonda- ,, teurs des trois premieres Dynasties descendent du même ,, Prince; par les tables Généalogiques, le Fondateur de la ,, troisieme n'est pas plus éloigné du chef commun que le ,, Fondateur de la seconde; ils se trouvent l'un & l'autre ,, contemporains, quoique celui de la troisieme dût être à ,, seize générations plus bas. " Que penser donc de l'enthousiasme de quelques-uns de nos Ecrivains pour les Annales de la Chine? ,, Les Chinois, dit Mr. de Guignes, ri- ,, roient de l'intérêt aveugle que nous voulons prendre à ,, l'authenticité de leur Histoire. "

L'habile Académicien trouve aussi de grandes difficultés dans la Description de la Chine, telle que la donne le *Chou-king*, & même dans l'Histoire de la troisieme Dynastie, nommée *Tcheou* qui commença vers l'an 1122 avant Jesus-Christ.

Mais en doit-on être étonné quand on confidere le défaftre qu'éprouva la *Littérature* fous le regne de Chi-hoang-ti, & la maniere dont fes pertes furent réparées ? Une Lettre du P. de Mailla adreffée au P. Souciet, & inférée dans des obfervations qui fuivent le *Chou-king*, nous apprend ce qui détermina ce Prince à détruire les monumens anciens.

Selon les Chinois, un Prince qui précéda Fo-hi, & qui vivoit environ 3000 ans avant l'Ere Chrétienne fut le premier qui imagina d'exprimer la penfée par des fignes. Il inventa de petites cordelettes, qui, par le nombre, la différence, & la pofition de leurs nœuds, tenoient en quelque forte lieu de Caracteres. Fo-hi y ajouta de petites lignes nommées *Koua*, qui diverfement combinées défignoient des objets différens. Elles formoient des efpeces d'énigmes qu'on effaya dans la fuite d'expliquer. Sous le regne de Hoang-ti, Tfang-kie, Préfident du Tribunal des Hiftoriens, traça 540 figures fur le modele de veftiges d'oifeaux qu'il avoit vus imprimés fur le fable, en fe conformant aux regles de Fo-hi. L'Empereur Chun, environ 2200 ans avant Jefus-Chrift, s'apperçut que ce nombre ne fuffifoit pas, & dès-lors plufieurs perfonnes s'appliquerent à l'augmenter, chacun fuivant fon génie & fon goût. Cette liberté s'accrut tellement fous les regnes fuivans, & la diverfité des Caracteres produifit une telle confufion que l'Empereur *Siven-vang*, dont le regne commença l'an 826 avant Jefus-Chrift effaya inutilement d'y remédier. Il chargea *Tcheou*, Préfident de l'Hiftoire, de choifir, de réduire & de déterminer les Caracteres, dont il vouloit qu'on fît ufage dans tout l'Empire. Mais il étoit trop peu maître des différentes Provinces de la Chine : aucun des Princes particuliers ne voulut céder, ni abandonner les Caracteres dont il fe fervoit. Chi-hoang-ti, après plufieurs guerres fanglantes, ayant réuni en fa perfonne toute l'autorité, chargea *Li-fe* fon Miniftre de reprendre la réforme des Caracteres. *Li-ſe* s'aſſocia pour ce travail deux Savans, & réduiſit environ à dix-mille cinq-cens les Caractères dont il ſe ſervit pour les Livres qui traitoient de la Médecine, de l'Aſtrologie, des ſorts & de l'Aſtronomie. La difficulté étoit de faire adopter la réforme dans toute l'étendue de l'Empire, & le principal obſtacle venoit des Lettrés attachés aux anciens uſages. *Li-ſe* repréſenta donc à l'Empereur qu'il importoit d'obliger tout le monde, ſous de grieves peines, de n'employer déſormais que les nouveaux Caractères. Quelle confuſion n'étoit-ce pas dans un Etat d'y voir plus de ſoixante-dix manieres différentes d'écrire la même choſe ? N'étoit-ce pas un moyen propre à ſuſciter & à entretenir la révolte ? Il ajouta que, pour remédier à cet inconvénient, il ne voyoit d'autre parti à prendre que de faire brûler les Livres *Chou-king* & *Chi-king*, & tous les autres, à l'exception de ceux de Médecine, d'Aſtrologie, des Sorts & de l'Hiſtoire des Princes de *Tſin*, (l'Empereur en deſcendoit,) d'ordonner ſous peine de la vie, à tous ceux qui en avoient, de les remettre aux Officiers de chaque lieu, pour être reduits en cendres, de faire enſuite punir de mort au milieu des rues quiconque s'aviſeroit de parler du *Chou-king* & des autres Livres, de punir du dernier ſupplice, avec toute leur famille, ceux qui déſormais oſeroient blâmer le Gouvernement préſent, de même que les Officiers qui négligeroient de faire ponctuellement exécuter ces ordres. Chihoang-ti approuva cet avis, & en fit hâter l'exécution avec la plus grande ſévérité.

Lorſque, quelque tems après, l'Empereur *Ven-ti* voulut recouvrer le *Chou-king*, il fallut recourir à un Vieillard qui en ſavoit par cœur beaucoup de morceaux, & parce que le Livre fut écrit en Caractères de ce tems-là, on l'appella *Chou-king* de *Fou-cheng* (nom du Vieillard,) ou du nouveau texte. Sous le regne de *Vou-ti* vers l'an 140 avant Jeſus-Chriſt,

Chrift, on trouva des Livres écrits en Caractères antiques, dans les ruines de l'ancienne maison de la famille de Confucius : un de ces Livres étoit le *Chou-king* écrit fur des tablettes de bambou, rongées de vers en plufieurs endroits. Pour le déchiffrer, on fit ufage de celui de *Fou-cheng*, & on mit au net 58 Chapitres ; l'Ouvrage entier de Confucius en contenoit, dit-on, 101. Le Père Gaubil ajoute que *Kong-gankoue*, qui préfidoit à ce travail, & qui commenta les 58 Chapitres, déchiffra le texte des autres quarante-deux, & d'une Préface en Caractères antiques, attribuée à Confucius, où le nom & le fujet de chaque Chapitre font indiqués. On eut peu d'égard pour l'Ouvrage donné par Kong-gankoue, & dans les Colleges on ne lifoit que le *Chou-king* de Fou-cheng. Les chofes refterent en cet état fous les *Han*, & quelque temps après. Enfin on examina de nouveau, &, l'an 497 de notre Ere, les 58 Chapitres, qu'on appella le *Chou-king* du vieux texte, furent généralement reconnus pour ce qu'on avoit de l'ancien Ouvrage de Confucius.

On découvrit encore le *Tchun-tfiou*, autre Ouvrage de Confucius, qui ne remonte qu'à l'an 722 avant Jefus-Chrift, & vers l'an 265 de l'Ere Chrétienne, une petite Chronique qui commence à Hoang-ti & finit avec la Dynaftie des Tcheou, ou vers l'an 782 avant l'Incarnation. Ce n'eft, dit Mr. de Guines, qu'une lifte des Empereurs, avec l'indication de quelques événemens. Les Mémoires hiftoriques que Sematfien eut ordre de raffembler (*) étoient en très-petit nombre, & fort imparfaits. Cet Auteur fait remonter

(*) On dit pag. 38 de la Préface que cet ordre lui fut donné l'an 176 avant Jefus Chrift, & pag. 17 qu'il raffembla ces Mémoires vers l'an 97 avant Jefus-Chrift. C'eft peut-être une faute d'impreffion. On convient affez généralement que l'Ouvrage de Se-ma-tfien, intitulé *Se-ki*, précéde d'environ 100 ans l'Ere Chrétienne.

d

le regne de Hoang-ti, par où il débute, vers l'an 2704 de notre Ere. Mais, felon le Pere de Prémare, c'eſt abuſer de la crédulité des Savans de l'Europe que d'élever ſi haut l'antiquité & la folidité de l'Hiſtoire Chinoiſe, puiſque les Chinois les plus indulgens ne lui donnent qu'environ 800 ans d'antiquité avant l'Ere Chrétienne, & que Se-ma-tſien paſſe chez leurs meilleurs Critiques pour être menteur. Peut-on donc s'empêcher de conclure, avec M. de Guignes que les Rédacteurs des Annales Chinoiſes, bien poſtérieurs au temps dont ils recherchoient les monumens, dépourvus d'un nombre ſuffiſant de Mémoires, réduits ſouvent à des conjectures qui ont donné lieu à diverſes opinions, n'ont pu préſenter qu'une hiſtoire mal liée, peu circonſtanciée, remplie de difficultés & d'incertitudes, peu propre, en un mot, à aſſurer aux Chinois cette haute antiquité qu'on voudroit leur accorder ?

Au reſte M. de Guignes donne le Chou-king, avec tous les acceſſoires qui l'accompagnent, comme le préliminaire d'un travail long & pénible qu'il a entrepris pour ſuivre les rapports qu'il a cru appercevoir entre les Chinois & les Egyptiens. Il publie en même temps, ſous le titre de Diſcours préliminaire, un Ecrit compoſé autrefois par le P. de Prémare, ou *des recherches ſur les temps antérieurs à ceux dont parle le Chou-king, & ſur la Mythologie Chinoiſe*. Cet Ouvrage mettra les Savants à portée de juger des temps antérieurs à Yao, & des Traditions admiſes par les Chinois. Mais ce ſavant Miſſionnaire, ſi verſé dans la Langue Chinoiſe, avoit adopté un ſyſtême bizarre qui lui étoit commun avec d'autres. Comme on trouve dans l'Hiſtoire Chinoiſe des détails qui ne paroiſſoient pas convenir à la Chine, pluſieurs Miſſionnaires ont penſé que toute cette ancienne Hiſtoire n'étoit qu'une allégorie, que les Rois ou Princes, dont il eſt parlé dans le Chou-king, n'ont jamais exiſté, que ceux qui ſe ſont diſtingués par leurs vertus n'étoient que des types du Meſſie, & en conſéquence ils ont cru retrouver tous nos myfteres annoncés prophétiquement dans cette hiftoire allégorique. Ce fyftême, frondé par le plus grand nombre desMiffionnaires, étoit le fyftême favori du P. de Prémare, du P. Bouvet, & de quelques autres, & le premier a fait ufage de toutes fes connoiffances pour l'établir. C'eft fous ce point de vue qu'il avoit travaillé fur les temps fabuleux de la Chine, & M. de Guignes lui a rendu fervice, en retranchant d'un morceau plein d'érudition ce qui avoit rapport à une idée fi fingulière. Il a revu tous les paffages Chinois cités à la marge, ce qui rend l'ouvrage très-précieux, puifqu'on y trouve toutes les anciennes fables Chinoifes. On y verra que la plupart des Auteurs cités n'ont pas précédé, de plus de 200 ans, l'Ere Chrétienne, qu'il y en a très-peu antérieurs à cette époque, & que ceux ci n'ont pas formé un corps complet de ces fables. Les autres, qui font en grand nombre, font poftérieurs à notre Ere. Ainfi les Chinois n'ont pas un ancien corps de Mythologie, comme nous l'avons pour les Grecs dans Homere, dans Héfiode, &c.

A la fuite du Chou-king Mr. de Guignes a placé une notice du plus ancien Livre canonique des Chinois, nommé *Y-king*. Elle a été compofée par Mr. Vifdelou. Mais c'eft moins un livre qu'une énigme qui a pour bafe les vingt-quatre traits ou petites lignes imaginées, dit-on, par Fo-hi. Douze fiecles avant l'Ere Chrétienne l'Empereur Ven-vang effaya par de courtes notes de donner le mot de l'énigme. Tcheou-kang fon fils y ajouta une interprétation plus ample, & dans le cinquieme fiecle avant Jefus-Chrift Confucius publia un Commentaire pour éclaircir à la fois la Table de Fo-hi, & les notes des deux Empereurs. Par-là il donna à cet Ouvrage toute la forme qu'il a; de forte que les Commentaires font en quelque forte devenus le texte fur lequel d'autres Commentateurs modernes fe font exercés.

Enfin, Mr. de Guignes a fait graver, & accompagner d'é-
d ij

clairciffemens néceffaires des planches qui fe trouvent à la tête
de toutes les Editions Chinoifes du Chou-king, & que le P.
Gaubil avoit négligées. Ces explications forment un petit
Recueil des anciens ufages Chinois, & peuvent fervir de
fupplément aux notes du Pere Gaubil. On y verra les idées
que ce Peuple avoit anciennement fur la Mufique, différens
inftrumens en ce genre, diverfes formes d'étendards, de vê-
temens, de vafes, & les *Koua* de Fo-hi. On y remarquera
fur-tout avec furprife une ancienne divifion de la Chine qui
a du rapport avec la divifion de la terre d'Ifraël qu'on trouve dans la Prophétie d'Ezéchiel. En général le favant Académicien n'a rien négligé de ce qui étoit propre à fixer nos
idées fur les ufages Sacrés & Profanes, fur la Doctrine, les
Arts, les lumieres, & l'antiquité de la Nation Chinoife,
pour nous mettre en état d'apprécier celles de quelques en-
thoufiaftes mordernes.

SECOND EXTRAIT
DU JOURNAL DES SAVANS,
Sur les *Moyens de parvenir à la lecture & à l'intelligence des Hiéroglyphes Egyptiens.*

LEs Monumens Egyptiens chargés d'infcriptions, qui
exiftent en grand nombre, foit en Europe, foit en Egypte, ont excité de tout tems la curiofité des Savans. Il ré-
fulteroit pour l'Hiftoire un grand avantage, fi l'on pouvoit
parvenir à les entendre. Jufqu'à préfent les Savans n'ont
fait que de vains efforts, & n'ont propofé que des conjectures incertaines fur les Hiéroglyphes; ils n'ont pas même connu
le fyftême ni la marche de cette écriture finguliere. Mr. de
Guignes ofe tenter de nouveau cette carriere & chercher

une nouvelle route; il entreprend donc dans ce Mémoire, non d'expliquer les monumens des Egyptiens, mais de proposer quelques réflexions sur leur écriture, d'en examiner la marche, de la comparer avec celle des Chinois, & de faire voir que l'un & l'autre peuple ont les mêmes Hiéroglyphes. Avec le secours des Caractères Chinois, il tente de pénétrer dans ceux des Egyptiens, développe leur composition, établit leur rapport & leur identité avec les Hiéroglyphes Chinois; il explique même plusieurs caractères Egyptiens, & enfin il compare la langue & les Hiéroglyphes de l'Egypte & de la Chine avec l'Ecriture & les Langues des Hébreux, des Arabes, des Syriens, &c.

L'écriture Hiéroglyphique des Egyptiens & celle des Chinois font également composées de différentes figures qui représentent des *hommes*, des *parties du corps humain*, des *animaux*, des *plantes*, des *vases*, des *instrumens*, des *corps célestes*, &c. Mais l'écriture Chinoise formée des mêmes parties que celle des Egyptiens est une espece d'écriture cursive qui ne représente toutes ces figures, qu'avec le simple trait, sans distinguer les parties qui doivent être les plus fortes d'avec les plus foibles, c'est-à-dire, que tous les traits ont la même force. Voilà ce qui constitue la différence entre ces deux écritures; en donnant à celle des Chinois ce plein & ce noir que nous remarquons dans les Hiéroglyphes Egyptiens, on apperçoit que les figures font les mêmes chez les deux Peuples. Cette remarque est nécessaire pour reconnoître les Hiéroglyphes Egyptiens de ceux des anciens Chinois.

Les Chinois groupent & placent à côté l'un de l'autre plusieurs Caractères simples qui ne forment ensemble qu'un seul Caractère plus composé qui exprime un mot ou une idée, procédé singulier que nous retrouvons dans l'Écriture Égyptienne.

De ces rapports qui n'ont pour objet que la forme extérieure des Caracteres Egyptiens & Chinois, rapports que l'on apperçoit aisément sur la planche qui accompagne ce mémoire, on passe à la composition de ces mêmes caracteres, c'est-à-dire, aux différentes parties dont un groupe est formé. Ceux des Hiéroglyphes Egyptiens dont Orus Apollo nous a conservé la signification, font-ils composés des mêmes idées ou des mêmes élemens que ceux des Chinois? Tout le rapport qu'on se propose d'établir entre la Chine & l'Egypte dépend de l'examen de cette question. Il feroit difficile que des Peuples fort éloignés, qui n'auroient eu aucune communication entre eux eussent formé de même leurs Caracteres, & sur-tout qu'ils eussent employé les mêmes métaphores.

Les Chinois ont 214 Caracteres élémentaires que les Grammairiens ont appellé clefs. Ces clefs font ou employées seules, comme Caracteres servant à exprimer une idée, ou combinées diversement les unes avec les autres. On ne les considere alors que comme parties de Caractere ou de groupe. Chacune de ces parties est la représentation d'une idée qui, réunie à deux ou trois autres, produit un mot ou une autre idée résultante de ces premieres idées simples; c'est-à-dire, qu'elles forment ensemble une espece de phrase qui est comme la définition d'une idée plus composée. Par exemple le Caractere Chinois qui exprime la *nuit* est formé de trois de ces clefs, de l'une qui signifie l'*obscurité*, d'une autre l'action de *couvrir* & d'une troisieme qui désigne l'*homme*. Cette phrase, l'*obscurité couvrant les hommes* répond exactement au mot *nuit*. De même le Caractere qui signifie la *Musique* est composé de ces premieres idées simples qui font relatives aux mœurs & aux usages de ces anciens tems. Les trois parties de ce Caractere font le *bois*, des *fils de soye* & le *son*, parce que les premiers instrumens de Musique étoient faits de bois ou de Planches sur lesquelles on avoit tendu des cordes de foye. Cette phrafe, rendue littéralement, fignifie donc le *fon produit par des fils ou des cordes tendues fur le bois.* L'examen d'un grand nombre de Caracteres de cette efpece ferviroit à nous inftruire des fciences, des mœurs & des ufages des premiers hommes & de leur ftyle qui ne confiftoit qu'en images. On pourroit donc regarder ces 214 clefs, comme la repréfentation de 214 idées fimples & primitives, dont les hommes fe font fervi, en les combinant différemment pour exprimer d'autres idées nouvelles à mefure que le befoin les faifoit naître. Cette maniere de s'exprimer par images devoit être fujette à de fréquentes répétitions : c'eft fans doute ce qui a fait recourir à des mots collectifs formés de deux ou de trois idées fimples, que l'on exprimoit auparavant par autant de mots. Ce ftyle s'eft plus confervé chez les Orientaux ; & les Poëtes dans tous les Pays fe font attachés à fe rapprocher de ce premier langage des hommes, parce que les mots collectifs font moins propres à toucher & à émouvoir, que ces images qui peignent à l'efprit & aux yeux l'analyfe des idées, des fentimens & des paffions.

Ces obfervations doivent s'appliquer également aux Hiéroglyphes Egyptiens. On y retrouve en effet des Caracteres fimples qui peuvent répondre aux clefs des Chinois & des groupes ou Caracteres compofés. Le nombre des premiers n'eft pas confidérable & doit être à-peu-près le même que celui des clefs Chinoifes. Les mêmes figures font deftinées à les repréfenter, & ces figures ont la même fignification.

Si avec tous ces traits de reffemblance, les groupes Egyptiens font encore compofés des mêmes idées ou des mêmes élémens, il faudra conclure que ces deux Peuples ont eu la même écriture & les mêmes mots, & que les Caracteres Chinois doivent fervir à nous faire entendre ceux des Egyptiens. Mais afin d'éviter toute efpece de conjectures, Mr.

de Guignes fe fert d'Orus Apollo qui nous a confervé l'a-
nalyfe & l'interprétation de plufieurs Hiéroglyphes Egyptiens, & fe propofe de faire voir que les Caractères Chinois, compofés des mêmes élémens que ceux des Egyptiens,
ont également la même fignification.

Suivant Orus Apollo le *Soleil* & la *Lune* groupés enfemble forment une caractere Egyptien, qui fignifie la *fucceffion
des tems*, le *premier principe :* en Chinois les mêmes élémens,
le *Soleil* & la *Lune* ont exactement la même fignification, *la
fucceffion des tems*, les *révolutions*, le *principe de toutes chofes*. A la Chine comme en Egypte la figure de la *Lune* fignifie le *Mois*.

Une *ligne* horifontale, fuivant le même Auteur, traverfée
par une *ligne* perpendiculaire fervoit à exprimer le nombre *dix*.
Par quel hafard les Chinois ont-ils employé la même figure
dans le même fens ? Un Caractere de cette efpece ne tient
point à ces idées générales qui tombent dans l'efprit de tous
les hommes.

En Égypte le *Cynocephale* défignoit la *trifteffe :* à la Chine
la même figure, accompagnée du Caractere de la *voix* fignifie
la même chofe.

Pour défigner *l'éducation* & une *origine ancienne*, les Égyptiens peignoient un *paquet de rofeaux*. Ce fymbole eft fondé
fur des idées fi fingulieres que des peuples éloignés ne peuvent l'imaginer, encore moins s'accorder fur fa fignification.
Cependant les Chinois employent un *paquet de rofeaux* dans
le même fens que les Égyptiens. Des Caractères de cette
efpece font pour nous des traces de la communication de
l'un & de l'autre Peuple.

Mr. de Guignes termine ce parallele par le Hiéroglyphe
Égyptien qui fervoit à exprimer la *fcience* & un *Savant*. Les
Égyptiens repréfentoient la *fcience* par la *rofee qui tombe du
Ciel*. Cette métaphore exifte en Chinois & le Caractere qui
fignifie

signifie la *Science*, un *Savant*, est composé de trois élémens ou clefs, l'une qui désigne la *pluie* ou la *rosée*, l'autre le *Ciel*, & la troisieme l'*homme*. Cette phrase ne peut signifier que *l'homme sur lequel tombe la rosée du Ciel*. Il n'est personne qui ne sente qu'une métaphore de cette espece commune à deux Peuples ne soit une preuve de leurs anciennes liaisons ; & cette preuve est d'autant plus forte, que l'on trouve en Égypte & à la Chine plusieurs Caracteres de la même espece. C'est par la même raison de communication que nous retrouvons dans le Deutéronome la formule entiere de ce Hiéroglyphe. *Concrescat ut pluvia Doctrina mea, fluat ut ros eloquium meum, quasi imber super herbam & quasi stillæ super gramina.* Les Égyptiens comparoient la Science à la rosée qui tombe sur les plantes & qui les fait fructifier. Les Hébreux avoient vécu long - temps dans l'Égypte ; de plus, comme les Arabes & les Syriens, ils ont toujours été voisins des Egyptiens, aussi le langage de tous ces peuples a-t-il conservé beaucoup de traces de cette communication, ou plutôt il est le même quant aux racines des mots.

De ces Hiéroglyphes que nous connoissons par Orus Apollo, & d'après lesquels il résulte que les Caracteres Chinois sont composés des mêmes élémens & qu'ils ont la même signification que ceux des Égyptiens, Mr. de Guignes a cru devoir inférer que ceux qui sont sur les monumens, qui ont exactement la même figure & les mêmes élémens que les Chinois, devoient avoir aussi la même signification & par conséquent que les Dictionnaires des anciens Caracteres Chinois nous offroient l'interprétation des Hiéroglyphes de l'Égypte. Il va plus loin. Quoiqu'on puisse expliquer ces Hiéroglyphes sans connoître le son ou la prononciation que les Égyptiens leur attribuoient, comme il arrive en Chinois à ceux auxquels la prononciation d'un Caractere échappe, il croit qu'il est possible de retrouver le son même des Hiéroglyphes, c'est-à-dire,

e

la langue parlée des Egyptiens. L'examen attentif qu'il a fait
de ces Hiéroglyphes comparées avec ceux des Chinois le
conduit à cette opération qui sans doute paroîtra fort sin-
guliere.

Les Caracteres Chinois ne font aujourd'hui que des efpeces
de chiffres, comme nos figures Arabes 1, 2, 3, &c. qui n'ont
aucun rapport avec le son qu'on leur donne. Mais lorfque l'on
confidere de plus près les anciens groupes, on voit qu'ils font
compofés de parties dont les unes reffemblent à des Hiéroglyphes Egyptiens, & les autres à des lettres alphabétiques. Il a
cru devoir donner à ces figures le même fon que les Orientaux
attachent à de femblables figures; & cet affemblage de lettres
a produit des mots qui fe rencontrent dans toutes les Langues
Orientales avec la même fignification ; en forte que les anciens
Caracteres Chinois, confidérés comme formés de lettres alphabétiques, peuvent être lus avec le fecours d'un Alphabet,
procédé qui eft inconnu aux Chinois. Les figures mêmes
des animaux font fouvent compofées de plufieurs de ces lettres.
C'eft ainfi que dans nos Manufcrits on a figuré des animaux
dans les lettres majufcules. Le rapport de fignification de ces
mots Chinois avec les mots Hébreux, Arabes, Syriens, &c.
l'a déterminé à faire fur les Hiéroglyphes Egyptiens la même
opération, & il s'eft convaincu par une multitude d'exemples
de la poffibilité de lire ces Hiéroglyphes.

Il prend donc tous les élémens des Hiéroglyphes Egyptiens
& Chinois pour autant de lettres alphabétiques fimples ou
fyllabiques, faifant répondre à une feule lettre les Hiéroglyphes les plus fimples, & à une ou à deux fyllables ceux qui font
plus compofés, même les figures d'animaux, de vafes, &c.
Par exemple, la figure d'un *chien* ou d'un autre animal répond à une fyllabe particuliere qui, combinée avec un autre Hiéroglyphe, forme un mot entier, en forte que l'é-
criture Egyptienne ou Chinoife, qui eft toute Hiéroglyphi-

que, confidérée fous ce nouveau point de vue, eſt en mê-me tems alphabétique & fyllabique. Il ne faut pas cependant croire qu'étant ainſi conſtituée, elle reſſemble à ces petites figures combinées avec des lettres que nous voyons ſur nos écrans. Dans ce genre burleſque d'écritures les figures n'ont de rapport au mot entier que par le ſon qu'elles indiquent; dans le Chinois, & ce doit être de même dans l'Egyptien, la figure fait partie de l'idée ou plutôt elle en eſt la repré-ſentation, elle donne une eſpece d'analyſe du mot & tou-tes les parties d'un groupe ont un rapport mutuel. Il eſt ſurprenant que les Anciens ſoient parvenus à un genre d'é-criture auſſi ſavant que celui-ci, qui contenoit tout à la fois la repréſentation de l'idée, ſa décompoſition, & enfin le ſon qui ſervoit à l'exprimer.

Les 214 clefs Chinoiſes, qui ſont des Hiéroglyphes, ſont donc en même tems 214 lettres ou ſyllabes, dont la com-binaiſon forme des mots plus compoſés qui exiſtent dans toutes les Langues Orientales avec la même ſignification, parce que ces Langues ſont compoſées des mêmes racines que l'Egyptienne, quoique celle-ci marche différemment dans les dérivés de ſes racines. C'eſt ce dont on peut ſe con-vaincre en comparant ce qui nous reſte de l'Egyptien avec l'Hébreu, l'Arabe, le Syriaque, &c.

La fixation de ces clefs à telle lettre ou à telle ſyllabe eſt invariable dans toutes les circonſtances où ces clefs ſe rencontrent. C'eſt cette invariabilité qui conſtitue la certi-tude de la lecture & du procédé. Autrement, ſi tout étoit arbitraire, & ſi ces clefs changeoient de ſon dans différens Caracteres, ce ne ſeroit plus qu'un jeu d'imagination mal concerté. C'eſt ainſi que dans un chiffre que l'on veut dé-couvrir, il faut que chaque figure déterminée à telle ou telle lettre, réponde par-tout à la même lettre, ſans aucune va-riation; alors on eſt aſſuré d'avoir découvert le chiffre.

Le Mémoire que nous abrégeons, contient des exemples de cette lecture sous deux points de vue, d'abord en commençant par les Caractères Chinois, c'est-à-dire, que l'on indique les différentes lettres dont ils étoient composés, lettres qui produisoient un mot Oriental. Ensuite pour jetter plus de jour sur ce procédé, on les reprend dans un sens contraire, c'est-à-dire, qu'en décomposant un mot Oriental, on fait voir qu'il se rapproche également du Caractère Chinois antique. En voici un exemple.

On fait que les lettres Orientales font significatives. Dans quantité de mots ces significations semblent concourir à exprimer la chose signifiée. Les figures mêmes de ces lettres ont quelque rapport à ces parties qui composent un ancien Caractère Chinois. Ainsi en Arabe le *thet*, qui signifie la *terre*, & le *mim*, qui désigne les *eaux*, produisent le mot *Tham*, qui sert à exprimer *un grand débordement*. Les deux Hiéroglyphes Chinois, celui de la *terre* & celui de l'*eau*, signifient également *un débordement considérable*. Si on les prend en même tems pour des lettres alphabétiques, il en résulte également le mot *tham* : & cette lecture devient d'autant plus constante que dans tous les Caractères ces deux Hiéroglyphes répondent à ces deux lettres *thet* & *mim*, & ne peuvent être attribués à aucune autre.

Le mot Hébreu, Arabe & Syrien *Thin* est composé du même Caractère *thet* ou la *terre* & du *noun* qui signifie l'*homme*. Ce mot veut dire, *figure*, *créer*, *former* ; les mêmes Hiéroglyphes Chinois produisent le même sens & considérés comme lettres, ils donnent le même son *thin*.

La *bouche* ou le *phe* avec le *tau* qui signifie *signe*, *marque*, produisent le mot Arabe *phat*, *consulter un Sage ;* les deux mêmes Caractères, réunis en groupe, signifient en Chinois la même chose, & produisent le son de *phat*.

Il semble devoir résulter de ces opérations que les Lettres

des Orientaux ont été dans l'origine des Hiéroglyphes,
vraisemblablement les mêmes que ceux des Egyptiens. Cette
manière d'écrire est la plus ancienne & la plus facile à imaginer ; elle a dû par conséquent être celle des premiers hommes. Les Egyptiens qui les auront reçus des ancêtres communs du genre humain & qui les ont conservés, se sont ap-
pliqués à les perfectionner, en les ramenant à des principes
généraux, d'après lesquels ils ont formé des groupes réflé-
chis & composés de parties dont ils pouvoient rendre compte ; c'est à ces Hiéroglyphes perfectionnés que l'on doit comparer ceux des Chinois.

Ce nombreux alphabet composé d'environ 214 figures,
doit être ce que les Egyptiens appelloient l'*écriture Hiéro-*
grammatique ou *Sacerdotale*. Dans cette écriture on faisoit
entrer plus ou moins de *Caractères Hiéroglyphiques*, qui étoient
ou *Curiologiques* ou *Symboliques*, c'est-à-dire, qui se prenoient
dans leur sens naturel, ou dans un sens métaphorique. Car
ce que les Anciens ont nommé *Ecriture Symbolique*, étoit
moins une écriture particuliere, qu'un style Symbolique.
Cette écriture est celle que les Prêtres ont conservée, qui
a été employée sur les monumens & que nous retrouvons
à la Chine sous la forme d'une écriture cursive.

La difficulté que l'on éprouvoit en se servant d'un alphabet aussi nombreux, fit inventer dans la suite, pour l'usage
ordinaire, une écriture composée d'un petit nombre de lettres : c'est celle que les Egyptiens appelloient *Ecriture Epis-*
tolique, tirée de la premiere, qui fut en usage dans tout
l'Orient, mais que les Chinois n'ont pas connu. Du tems
de Cadmus cette écriture étoit composée de seize lettres,
puisque ce Chef de Colonie, sorti de l'Egypte & de la Phénicie, ne porta en Grece que ce nombre de figures alphabétiques. Ensuite on y en ajouta quelques autres. Les Hébreux, les Syriens, les Chaldéens ont borné leur Alpha-

bet à 22, & les Arabes à 28 lettres. Cette réforme de l'Ecriture jetta dans les racines des Langues Orièntales une confusion que l'on développe dans ce Mémoire.

Tels sont les moyens que Mr. de Guignes a cru devoir employer pour parvenir à lire & à entendre les Hiéroglyphes Egyptiens, & d'après lesquels il a conclu que ces deux Peuples avoient le même systême d'écriture, les mêmes Caracteres, & que ceux des Chinois devoient nous conduire à l'intelligence des Hiéroglyphes Egyptiens.

Jusqu'à présent les Chinois ont été regardés comme une des plus anciennes Nations du monde, qui a été policée dès la plus haute antiquité, & dont l'origine se perd dans l'obscurité des temps les plus reculés: on n'entrevoyoit pas même que cette Nation eût pu avoir aucun rapport ni aucune liaison avec d'autres Peuples. Fixée à l'extrémité de l'Asie elle y sembloit être Autocthone. Les réflexions que l'on vient de faire sur son Ecriture, réflexions qui tombent également sur sa Législation, & sur ses Livres Sacrés, nous représentent les traces presqu'effacées de la communication des Chinois avec les peuples qui ont été les Peres du genre humain, rapprochent ces Chinois du trône dont Moyse nous a conservé l'histoire, & font voir qu'ils ne sont qu'un rameau de la branche qui s'étendit en Egypte & qui alla ensuite policer les Sauvages qui habitoient dans la Chine; c'est ainsi que les Sauvages de la Grece ont été civilisés par des Colonies sorties de l'Egypte & de la Phénicie.

LETTRE

LETTRE

SUR LES

CARACTERES CHINOIS,

PAR

LE REVEREND PERE ****,

De la Compagnie de JESUS,

Avec Figures.

A BRUXELLES,

Chez J. L. DE BOUBERS, Imprimeur-Libraire, Marché
aux Herbes.

M. DCC. LXXIII.
Avec Approbation & Permiſſion.

LETTRE

SUR LES

CARACTERES CHINOIS.

A Pe-king *ce* 20 *Octobre* 1764.

MESSIEURS,

Les Hiéroglyphes de l'ancienne Egypte & les monumens qui nous les confervent, font fi finguliers dans l'hiftoire des Peuples, qu'il ne faut pas être furpris qu'ils aient piqué, dans tous les fiecles, la curiofité des Amateurs de l'antiquité & des Savans. Nos Bibliotheques font remplies des doctes & laborieufes recherches, qu'ils ont faites pour en expliquer les myfteres. Malheureufement la critique n'y a vu que des conjectures & des incertitudes, plus pénibles encore pour l'efprit que l'ignorance la plus avouée. Que n'a-t-on pas fait depuis le renouvellement des Lettres en Europe, pour dire

A ij

quelque chofe de mieux fur ce grand fujet que les Grecs
& les Romains? Mais quel en a été le fuccès? Les nouvelles obfervations de Mr. *Needham* font efpérer quelque
chofe de plus heureux pour la gloire de notre-fiecle; il a
comparé les Caracteres Chinois avec les Hiéroglyphes d'E-
gypte, il y a trouvé une reffemblance, du moins une analogie, qui lui fait croire qu'on pourra enfin favoir le fecret des
myfteres de Memphis, & rompre la barriere de ténebres qui
nous empêche de faire remonter nos connoiffances jufqu'aux
tems les plus voifins du déluge; quelle conquête pour la république des Lettres, fi elle a jamais lieu! Vous le favez,
Meffieurs, le docte *Kirker* eut autrefois la même penfée, &
l'abandonna d'abord; le célebre Mr. de *Mairan* l'a eue depuis, & s'en eft dégoûté fur les réponfes du P. *Parennin.*
Il eft beau d'avoir plus de courage que ces grands Hommes, & d'ofer courir des mers, où ils ont craint de faire
naufrage. Mais comme la modeftie eft inféparable du vrai
favoir, le docte Obfervateur s'adreffe à la Société Royale,
pour favoir la route qu'il doit fuivre, & jufqu'où il peut s'a-
vancer; & vous, Meffieurs, non contens de lui commu-
niquer vos lumieres, ces lumieres fi brillantes & fi utiles aux
progrès des fciences, vous appellez la Chine à votre aide,
& lui demandez des réponfes que les bibliotheques refufent
à vos recherches. Meffieurs, fi la mort ne vous avoit pas
enlevé le P. *Gaubil,* que vous honoriez de votre eftime,
vous auriez eu le plaifir de le voir la juftifier par un mémoire favant & raifonné, où fon érudition ne vous auroit
rien laiffé à défirer fur les anciens monumens de la Chine.
Il n'eft plus: c'eft moi qui fuis chargé de répondre à la Lettre fi polie, dont vous nous avez honorés. Pardonnez cet
aveu à ma franchife, fi je confultois mon refpect pour vos
lumieres & les malheureufes circonftances du tems préfent,
je laifferois tomber ma plume, ou ne la prendrois que pour

vous faire agréer mes excuses & mon silence. Mais quand des Savans du premier ordre font des questions, il est de la modestie d'y répondre. Je le dois encore par reconnoissance pour les témoignages précieux de votre estime que vous daignez bien nous donner, tandis que l'Europe retentit des calomnies, qui viennent nous flétrir aux yeux des idolâtres, jusqu'en cette extrémité du monde. Je ne me dissimule pas que, pour répondre d'une maniere satisfaisante aux questions que vous proposez, il faudroit des connoissances que je n'ai jamais recherchées, des secours qui me manquent, un loisir que je n'ai pas, sur-tout ce goût délicat, ce discernement exquis, cette critique éclairée & savante que l'Europe admire en vous. Mais je me flatte que vous voudrez bien vous souvenir que je suis Missionnaire, & m'accorderez à ce titre beaucoup d'indulgence & de bonté : à mon tour, Messieurs, je vous promets de l'application, de l'exactitude & un amour tendre pour la vérité. Si je ne frappe pas au but, ce ne sera ni par préjugé de systême, ni par envie de dire du neuf. Il ne faudra s'en prendre qu'à ma mal-adresse & à mon ignorance. Dans ce cas je reconnoîtrai mes torts avec plaisir, & me ferai volontiers l'écho de qui dira que je me suis trompé.

Voici comment je conçois l'état de la question. Mr. *Needham* a observé que les Symboles ou Caracteres Hiéroglyphiques de l'Isis de Turin paroissent semblables à plusieurs Caracteres Chinois, tels qu'on les trouve dans le grand Dictionnaire *Tching-tsée tong*, sur quoi il conjecture : 1°. Que les Caracteres Chinois pourroient être les mêmes, à bien des égards, que les Hieroglyphes d'Egypte. 2°. Qu'on pourroit découvrir le sens des Hieroglyphes par la signification comparée & appropriée des Caracteres Chinois. On prie de disserter sur ce point d'érudition, & de voir jusqu'où la connoissance des Caracteres Chinois est favorable ou contraire aux conjectures du savant Observateur.

Avant d'entrer en matiere, je dis fans détour qu'il faudroit un volume de recherches & de détails pour mettre
l'Europe favante en état de prononcer, peut-être même de
faifir jufqu'à un certain point, les preuves de fait, d'hiftoire, de critique & de grammaire qu'il faudroit mettre en
œuvre pour traiter à fond ce fujet. Car enfin les fciences
de Chine font encore bien médiocrement connues en Europe, & quand quelqu'Amateur des langues étrangeres les
auroit apprifes, comme Mrs. *Fourmont* & *Bayer*, il y a encore bien loin de cette forte d'érudition jufqu'au point d'hiftoire & de grammaire qu'il s'agit d'éclaircir. Par-là il eft
vrai de dire que la nature même de mon fujet me réduit
fort à l'étroit, & que fi je veux être entendu, il faut me
borner à parler aux yeux, & à l'efprit, fans déguifer l'i-
magination. J'y viferai; mais je demande qu'on me paffe
des détails, des notes, des citations & quelques mots Chinois que j'aurai l'attention de fouligner & de traduire. Il faudroit pour plus grande exactitude écrire en Caracteres Chinois les Textes originaux que je citerai; mais je crois que
cela feroit inutile, vû qu'on feroit fort embarraffé de les vérifier. Pour tout ce qui n'eft qu'élégance de ftyle, politeffe
de langage, je profiterai fans fcrupule des privileges d'un
habitant de l'Afie.

Le docte *Voffius* étoit enthoufiafmé de l'antiquité des Chinois; le favant Abbé *Renaudot* la nioit avec une efpece d'a-
charnement : voilà les hommes. Pour moi fans differter ce
point d'hiftoire & de chronologie, je fuppofe comme un fait
qu'il feroit difficile de nier, que les Chinois fubfiftoient en
corps de nation, dès les tems des grandes émigrations qui
fuivirent la confufion des langues. L'antiquité des Egyptiens
date de la même époque; par-là il eft naturel de croire que
ces deux grands peuples ont quitté à-peu-près en même
tems les plaines de Senaar; l'un pour venir au fond de l'A-

fie Orientale (*a*), l'autre pour aller habiter ces vaftes cam
pagnes de l'Afrique qu'arrofe le Nil. Si les Savans vouloient
décider quand a commencé l'écriture, foit avant, foit après
la difperfion des enfans de Noé; ils trancheroient bien des
difficultés. En effet fi elle eft poftérieure à cette féparation
des grandes familles qui ont repeuplé l'univers; fi chaque
Nation a inventé la fienne, les Chinois n'auront plus rien
de commun avec les Egyptiens, & il feroit inutile de chercher à expliquer les Hieroglyphes des uns par les Caracteres des autres, vû fur-tout qu'ils habitoient des climats fi
éloignés, & qu'on n'a pas le moindre indice qu'il y ait eu
aucun commerce entre ces deux grands peuples, dans les
tems fi reculés des obélifques de Thébes & d'Héliopolis.
Dans la fuppofition au contraire que les Lettres aient été
inventées avant le déluge, & confervées par les enfans de
Noé à leurs defcendans, il eft croyable que les Chinois &
les Egyptiens ayant puifé à la même fource, il doit y avoir
eu long-tems bien de la reffemblance entre la maniere d'é-
crire des uns & des autres. Cette feconde fuppofition a bien
des avantages fur l'autre du côté de la probabilité & de la
vraifemblance (*b*), & on en conclut fort bien qu'en comparant aujourd'hui les Hieroglyphes d'Egypte avec les Caracteres Chinois, on peut efpérer d'expliquer les uns par les
autres. Tout ce que je craindrois, c'eft qu'on n'attaquât cette
conféquence à caufe de la confufion des langues. En effet
quoique la Genefe ne dife pas qu'elle ait entraîné la différence des écritures, il eft naturel de penfer que ceux qui
bâtiffoient la Tour de Babel, en perdant l'idée commune
des fons & des mots de la langue qu'ils parloient tous, per-
dirent auffi celle des Lettres & des Caracteres qui les ex-
primoient: peut-être feroit-ce une maniere d'expliquer la différence des écritures, fi ancienne dans l'hiftoire des peuples.

Mais revenons à Mr, *Needham.* Quel que foit fon fyftême

fur le commencement de l'écriture, je penche à croire que s'il y a jamais eu une véritable reſſemblance entre les Caraꜳeres Chinois & les Hieroglyphes d'Egypte, le tems l'a effacée, de maniere à n'être preſque plus reconnoiſ-fable aujourd'hui. Pour rendre la choſe plus ſenſible, il faut remonter plus haut que le Diꜳionnaire *Tching tſée tong*, dont s'eſt ſervi le doꜳe Obſervateur, & crayonner en peu de mots le tableau hiſtorique de la langue Chinoiſe & de ſes Caraꜳeres.

La langue Chinoiſe eſt une des plus anciennes du monde, la ſeule probablement qui ait toujours été parlée & ſoit encore vivante. A-t-elle toujours été la même depuis plus de quarante ſiecles qu'elle dure ? Je n'oſerois l'affurer ; mais il me paroît que le petit nombre & la brieveté de ſes mots ont dû la préſerver de bien des altérations. Les plus grandes n'ont guères pu tomber que ſur la prononciation. On diſtingue dans la langue Chinoiſe. 1°. Le *Kou ouen* (*c*), langage des *King*, & autres livres écrits dans ce goût. Les harangues du *Chau King* & les chanſons du *Chi King*, prouvent qu'on l'a parlé autrefois ; il eſt prodigieuſement laconique. 2°. Le *Ouen Tchang*, langage des compoſitions relevées & des livres. A quelques proverbes près, quelques axiomes & formules de complimens, on ne s'en ſert pas en parlant. 3°. Le *Kouan-hoa*, langage des gens en place. C'eſt le ſeul qu'on parle à la Cour, dans les bonnes compagnies, dans les Lettres, & le ſeul qui ait cours dans tout l'Empire. 4°. Le *Hiang-Tan*, patois. Chaque Province, chaque Ville, & preſque chaque village a le ſien. Malgré ſes variétés, la langue Chinoiſe ne compte que 330 mots environ. On en conclut en Europe qu'elle eſt peu abondante, monotone & difficile à entendre. Mais il faut ſavoir que les quatre accens nommés *ping*, uni ; *chan*, élevé ; *kiu*, diminué ; *Jou*, rentrant, quadruplent preſque tous les

mots

mots par une inflexion de voix auffi difficile à faire comprendre à un Européen, que les fix prononciations de l'E François à un Chinois. Ils font plus, ils donnent une certaine
harmonie & une cadence marquée aux phrafes les plus ordi-
naires pour la clarté; voici ce qui décide : les Chinois parlent
auffi vîte que nous, difent plus de chofes en moins de mots,
& s'entendent.

C'eft à l'hiftoire à raconter l'origine des Caracteres. *Il traça*
(Fou-hi) les huit koua, & fit les caracteres, les livres. (d)
Ces paroles font comme le narré précis du fait que l'Hiftorien développe enfuite en ces mots : ,, Le livre *Ouai-ki*, dit,
,, la vertu & les talens de Fou-ki s'accordant avec le haut
,, & le bas, il fe conforme à la beauté des oifeaux du ciel,
,, des bêtes fauves & du cheval dragon portant fur fon dos
,, une mappe; il leva les yeux, confidéra la figure du ciel;
,, il les baiffa, examina avec foin toutes les chofes de la
,, terre, recherche la nature de celles du milieu, il com-
,, mença à tracer les huit *koua* .... Ainfi fit-il briller fa fu-
,, blime pénétration; en commençant les livres, il fit ceffer
,, l'ufage des nœuds dans les cordes pour le gouvernement.
,, La maniere d'écrire confifte en fix chofes, la premiere à
,, imiter la figure, la deuxieme à emprunter, la troifieme à
,, indiquer les chofes, la quatrieme à prendre la penfée, la
,, cinquieme à changer & échanger, la fixieme eft dans les
,, fons & les accens : toute la raifon & la doctrine des livres
,, eft appuyée fur les Caracteres des livres, & les Caracte-
,, res fur les fix façons ". Je gliffe fur le ton de ce narré
pour en copier un fecond du regne de *Hoang-ty*. Il créa
(*Hoang-ty*) fix Miniftres & un Mandarin pour l'hiftoire.
,, Le *Ouai-ki* dit que Hoang-ty créa *Tfang-Kiai* Mandarin
,, de l'hiftoire, avec un nommé *Kiai-fong*; que *Tfang-Kiai*
,, confidérant & imitant les veftiges de divers animaux ter-
,, reftres & volatilles forma les Caracteres ". Puis l'hiftorien

B

cite ce texte d'un critique : ,, Moi *Nan-fuen* examinant le
,, livre *Ouai-ki*, je trouve que *Che-hoang-che* eft l'Empereur
,, *Tfang*, que fon nom eft *Kiai*, que c'eft le premier qui a
,, inventé les Caractères. On dit encore que l'Empereur
,, *Hoang-ty* à fait *Tfang-Kiai* hiftorien. Lequel des deux eft
,, vrai ? De plus on dit que *Tfang-Kiai* étoit avant *Fou-ki*,
,, & que *Fou-ki* inventa les livres. Quand *Fou-ki* donc traça
,, fes *koua*, il y avoit déja des Caractères. Il n'eft pas poffi-
,, ble d'éclaircir ce qui nous vient par tradition d'un tems fi
,, éloigné ". Je m'en tiens à cette conclufion fi naturelle du
critique Chinois. Pour l'hiftoire, ou plutôt la fable des traces d'oifeaux, elle n'eft bonne qu'à bercer les enfans. Tout
ce qui m'en plaît, c'eft qu'elle fert à prouver que les Chinois, ne fachant pas le fait de l'invention des lettres, l'ont
défiguré pour l'adopter à leur hiftoire. Plût à Dieu que ce fût
le feul (e).

Je définis les Caractères Chinois tels que je les conçois
dans leur origine, des images & des fymboles qui parlent à l'efprit par les yeux, images pour les chofes fenfibles, fymboles pour les fpirituelles. Images & fymboles qui ne font liés à aucun fon, & peuvent être lus dans
toutes les langues. Le livre *tfce-hro-leang-tfin* (f) divife les
Caractères en fix efpeces, *lieou-*屮 qui reviennent, à ce que
dit l'hiftoire citée plus haut. La premiere, dite *fiang-hing*,
figure, image, eft une vraie peinture des chofes fenfibles;
ainfi on voit dans les anciens Caractères des arbres, des
oifeaux, des vafes, &c. groffiérement deffinés. La feconde
dite *tchu-tche*, indication de la chofe, fe fait par une addi-
tion à la figure ou au fymbole, qui met la chofe qu'on
veut exprimer fous les yeux. Par exemple le Caractère de
petit, placé fur celui de *grand*, peut fignifier *pyramidal*, ter-
miné en pointe. La troifieme, dite *hozi-y jonction d'idée*, confifte à joindre deux Caractères pour exprimer une chofe qu'ils

ne fignifient ni l'un ni l'autre pris féparément. Par exemple la figure de *bouche* placée à côté de celle de *chien* pour dire *aboyer*. La quatrieme *Kiai-in, explication du fon*, doit fon origine à la difficulté de tracer d'une maniere affez diftincte toutes les efpeces de poiffons, d'animaux, vafes, arbres, &c. Pour y fuppléer, on imagina de mettre le Caractere fimple d'un fon à côté de la figure. Par exemple le Caractere du fon *ya* à côté de la figure d'oifeau pour défigner une *Canne*, celui de *ngo* pour un *Oye*, &c. La cinquieme dite *Kia-fié, idée empruntée*, métaphore, a ouvert un champ immenfe à l'invention des Caracteres, ou plutôt à la maniere de s'en fervir. En effet en vertu du *Kia-fié* un Caractere eft quelquefois pris pour un autre, choifi pour exprimer un nom propre, détourné à un fens allégorique, métaphorique, ironique, pouffé même jufqu'à l'antiphrafe en lui donnant un fens tout oppofé à celui où il eft employé ailleurs. Il faut avouer que cette cinquieme claffe donne à la langue Chinoife une force & une vivacité de coloris qu'aucune autre langue ne peut atteindre. Mais elle eft auffi une des principales caufes de fes obfcurités (*g*). Le fens figuré d'un Caractere n'a pas toujours celles d'analogie avec le fens propre. La fixieme, dite *tchouen-tchou, dévelloppement, explication*, ne confifte qu'à étendre le fens primitif d'un Caractere, ou à en faire des applications détaillées. Ainfi le même Caractere eft tantôt verbe, tantôt adverbe, tantôt adjectif ou fubftantif. Ainfi encore le Caractere *ngo* qui fignifie *mal*, fert à exprimer *haine, haïr, difforme*, &c. Les *Lieou-*Ч tels que je viens de les décrire, font comme les fources d'où découlent tous les Caracteres d'une maniere également fimple, claire & naturelle. Cependant pour répandre encore plus de jour fur une matiere naturellement obfcure pour l'Europe, je vais placer ici quelques obfervations ou dévéloppemens de ce que je viens de dire d'après le Grammairien Chino.з

Les idées fimples des objets fenfibles ont été les plus faciles à exprimer. La figure d'un *cheval*, par exemple, indique un *cheval*, celle de l'*œil* indique l'*œil*, &c. Mais il y a
bien loin de là jufqu'à peindre les idées abftraites, fpirituelles & métaphyfiques. Les images de tout ce que la nature
offre à nos regards, ne font d'aucun fecours pour cela. Il
a fallu tracer des figures fymboliques deftinées à les exprimer. Figures arbitraires dans l'inftitution, mais fixées après
par l'ufage. Les fymboles & les images trouvés, il femble
que tout eft fait ; cependant il n'en va pas ainfi, parce qu'ils
eft impoffible de les varier & de les multiplier en proportion
des objets fenfibles & intellectuels. Que faire donc ? Ce qu'ont
faits les Chinois avec beaucoup d'intelligence & de goût.
(fi tant eft qu'on puiffe leur faire honneur de cette invention) Fixer le nombre des images & des fymboles, puis
opérer fur ce nombre par différentes combinaifons. 1º. En
mettant deux, trois, quatre fois la même image ou le même
fymbole pour former un feul Caractere. Deux arbres, par
exemple, pour défigner un *bofquet*, trois pour une *forêt*.
2º. En mariant une image à une autre image, un fymbole
à un fymbole ; par exemple, le fymbole de *peu* avec celui
de *force* pour exprimer *foible*. 3º. En accouplant un fymbole
avec une image : ainfi le fymbole de *joie* avec l'image de
bouche exprime le *ris*. 4º. En uniffant un fymbole à deux
images, ou bien encore plufieurs fymboles à plufieurs images
en nombre impair ou égal. J'abandonne aux calculateurs le
foin de nombrer les Caracteres qu'on peut former ainfi avec
les 200 fymboles & images primitifs, qui font comme les
élémens & les matériaux de tous les Caracteres. Les Caracteres trouvés & combinés en auffi grand nombre qu'il
faut pour compofer un difcours, ou plutôt pour le peindre,
il n'y a plus qu'à les placer dans l'ordre des idées qu'on a
conçues. Qui les verra comprendra mes penfées, comme je

(13)

comprens celles d'un Peintre dans un tableau d'hiſtoire ; avec cette admirable différence, que, dans le tableau du Pein-tre, la magie des couleurs rend les objets comme ſenſibles à mon ame, & la fait ſortir d'elle-même pour prêter la vie, le ſentiment, des paſſions, &c. aux figures que l'œil me mon-tre, au lieu que les caraĉteres ne font que réveiller ſes idées, & lui font trouver en elle-même ce qu'ils expriment. L'illu-ſion n'y a point de part. Ce n'eſt pas aſſez, le tableau ne peint qu'un inſtant d'un fait unique, & occupe un grand eſ-pace, au lieu qu'une page de caraĉteres étale à mes yeux le paſſé, le préſent, l'avenir, me montre pluſieurs événemens, & rapproche les choſes les plus diſparates, ſans m'allarmer ſur la vraiſemblance ; elle fait plus, elle reveille mes pen-ſées, m'en donne de nouvelles, & me conduit par une route de lumiere dans les eſpaces intellećtuels ; mais cela peut mieux être ſenti qu'exprimé. Il faut lire les beaux en-droits des *King* pour comprendre combien les Caraĉteres Chi-nois bien aſſortis & bien liés ont de force & de grace, d'é-nergie & d'aménité, de grandeur & de ſimplicité. Je défi-nirois volontiers les Caraĉteres Chinois, l'algebre pittoreſque des Sciences & des Arts. Dans le vrai, une phraſe de bon ſtyle eſt auſſi débarraſſée de tous les intermédiaires, que la démonſtration algébrique la plus fermement crue (*h*).

A moins de donner un démenti aux Chinois & au petit nombre des Caraĉteres des anciens tems qu'ils ont conſer-vés, il n'eſt pas poſſible de nier que dans l'antiquité la plus reculée on ne ſe ſervît de figures ou images des choſes ſenſi-bles & de ſymboles pour former des Caraĉteres dans le goût à-peu-près des Hiéroglyphes d'Egypte (.*i*). Il n'y a qu'à jetter un coup d'œil ſur quelques-uns de ces Carac-teres que j'ai fait copier pour en être convaincu (voyez les figures pages 5, 6 & 7). Mais les Chinois n'avoient-ils pas dès-lors l'art de rapetiſſer ces figures & de les réduire à quelques traits par l'analyfe & l'abbréviation. A ne juger par quelques Caractères anciens, il paroît qu'on en réduifit plufieurs à certains traits affez mal affemblés, probablement pour la commodité de l'écriture [k]. Quoi qu'il en foit du temps où ont commencé ces abbréviations, elles étoient néceffaires. 1°. Parce que fans cela l'écriture auroit été trop difficile. 2°. Parce qu'il auroit fallu des volumes pour dire peu de chofes. En effet à moins d'être deffinateur, comment tracer d'une maniere agréable tant de figures & de fymboles? La difficulté augmente, quand on fonge que plufieurs Caractères étoient compofés de divers fymboles & images, dont la réduction devoit être bien touchée, pour n'être pas défagréable, fur-tout vis-à-vis des autres Caractères qui étoient moins compofés. Il feroit naturel de croire qu'on ne fe fervoit des images & fymboles entiers & tracés dans leur jufte proportion que pour les grands monumens, où l'efpace ne manquoit pas; encore ne nierois-je point qu'on eût recours aux Caractères analyfés, pour certains endroits moins avantageux. Le fait qui paroît évident, dont il confte par ce qui refte des monumens, c'eft que les figures & fymboles ont paffé d'un contour affez régulier à quelques traits affemblés bifarrement, & que ces traits eux-mêmes ont été décompofés & fondus en ces fix lignes \ ─) ( ) Z (*l*), dont font compofés aujourd'hui tous les Caractères. Les plus fimples font faits d'une ou de deux de ces lignes, on en compte jufqu'à vingt, trente & même davantage dans les plus compofés; pour éviter la confufion & l'obfcurité que cette grande abbréviation auroit caufé, on a fixé le nombre des lignes des Caractères, qui repréfentent pour les 200 images & fymboles élémentaires dont nous avons parlé. Ces abbréviations ainfi fixées fe nomment *pou*, claffes ou tribunaux, comme traduit Mr. *Fourmont*, par exemple, le *pou* de l'homme, de la *femme*, des *arbres*, des *maladies*, de *grand*, de *petit*, de *vafe*, &c. Enfin pour plus grande clarté & pour ranger les Caractères dans les Dictionnaires, il y a dans chaque Caractère un *pou* diſtinctif qui domine, & ſous lequel on le place. Ce *pou* diſtinctif eſt la partie du Caractère qui influe le plus dans ſa ſignification, ſans les exceptions & les bizarreries dont la langue Chinoiſe n'eſt pas plus exempte que les autres. Un coup d'œil ſur le Dictionnaire *Tching-tſée-tong* rendra ſenſible tous ces détails.

Le malheur, & le très-grand malheur des Caractères Chinois, c'eſt que ces abbréviations ont été faites peu-à-peu en divers lieux & ſans regle ; de façon qu'il y a tel Caractère qui a été abrégé, ou pour mieux dire tronqué, défiguré d'un très-grand nombre de manieres. La plupart l'ont été à n'être pas reconnoiſſables. Pour donner quelque idée de ce que je dis, j'ai fait copier les variantes de quatre Caractères (*m*). (Voyez les figures pages 7, 8 & 9) On doit juger par cet échantillon combien affreuſement ont dû être défigurés les Caractères qui ſont tiſſus de pluſieurs autres. Car les divers Caractères qui ſe réuniſſent pour n'en faire qu'un ſeul, ſe courbent, ſe couchent, s'allongent, ſe rapetiſſent, ſe reſſerent, pour que chaque trait ſe loge de façon que tous enſemble puiſſent faire le vis-à-vis d'un Caractère ſimple, & n'occuper pas plus de terrein que lui. Une pareille contrainte doit déja défigurer beaucoup les Caractères élémentaires réunis pour n'en former qu'un ſeul ; mais dès qu'on y ajoute des abbréviations & des variantes, il eſt clair qu'ils ne doivent plus être reconnoiſſables. Pour le dire en paſſant, c'eſt là une des choſes qui a rendu l'édition des *King* ſous les *Han* ſi difficile, & peut-être la principale cauſe de leur obſcurité. (*n*) En effet les images & ſymboles primitifs d'un caractère étant altérés, le moyen d'en trouver le ſens ! Il n'eſt plus ſelon la regle des *Lieou-*Y. La décompoſition des caractères élémentaires, dont il eſt compoſé,

ne donne plus fa vraie analyfe. Plus on cherche le fens qui
doit réfulter de leur affemblage, plus on s'en éloigne, parce
que cet affemblage n'eft pas le vrai. C'eft quafi, comme fi on
lifoit *délires* pour *délices*; ce changement du c en r fubfiftant,
toutes les fignifications qu'on cherchera à *délire* ne parvien-
dront jamais à l'idée que préfente *délices*. Si la comparaifon
cloche, c'eft qu'elle ne préfente pas affez clairement combien un Caractere Chinois s'éloigne de fa vraie fignification,
par l'altération de quelqu'un des traits qui le compofent.
L'incendie des Livres a rendu le mal fans remede. Quand
la paix fut rendue aux lettres, on n'épargna ni foins, ni
recherches pour recouvrer les *Kings* & autres anciens Livres; mais peu d'exemplaires ayant échappé aux flammes,
& s'étant affez mal confervés, on fut privé du grand fecours des confrontations pour découvrir les caracteres primitifs. L'écriture avoit changé, la tradition étoit prefqu'é-
teinte, il falloit être favant pour déchiffrer les manufcrits.
Comment pouffer la difcuffion jufqu'aux variantes, & démêler dans des abbréviations prefque inconnues, quels étoient
les fymboles & images dont un caractere étoit tiffu? (*o*)
Les Editeurs n'y épargnerent pas leurs peines; mais chacun
avoit fon fyftême & fes conjectures. Qui oferoit dire que l'é-
dition qui a prévalu n'aye pas bien des caracteres errés?
Qu'elle foit même la meilleure? Les Savans qui ont travaillé
depuis fur l'analyfe des Caracteres, ne font pas d'accord entre eux, & apportent chacun des raifons capables de fufpen-
dre le jugement des critiques. Cette variété d'opinions en a
mis beaucoup dans l'orthographe; fi on peut appeller ainfi la
maniere d'écrire un Caractere avec tel ou tel *pou*; auffi a-t-elle
été flottante & incertaine pour bien des Caracteres jufqu'au
grand Dictionnaire *Kang-hi toe-tien*, qui l'a fixée [*p*].

Finiffons cet article par une remarque qui eft effentielle.
Tout ce que je viens de dire des variantes & des abbré-

viations des Caracteres, eſt indépendant des cinq ſortes d'écritures que comptent ordinairement les Lettrés. La premiere ſe nomme *Kou-ouen*, c'eſt la plus ancienne, & il n'en reſte preſque plus de veſtiges. La ſeconde *Tchoangtſée*, a ſuccédé au *Kou-ouen*, & a duré juſqu'à la fin de la dinaſtie des *Tcheou*. C'eſt celle qui étoit en uſage du tems de *Confucius*, & dont les abbréviations & les variantes ont été les plus funeſtes. La troiſieme *Li-tſée* commenca ſous le regne de *Chihoang-ti*, fondateur de la dynaſtie de *Tſin*, & le grand ennemi des Lettres & des Lettrés. La quatrieme *Hing-chou* eſt deſtinée à l'impreſſion, comme chez nous la lettre ronde & l'italique. La cinquieme *Tſao-tſée* fut inventée ſous les *han*, & auroit tout perdu ſi elle avoit prévalu. C'eſt une ſorte d'écriture à titre de pinceau qui demande une main bien légere & bien exercée ; mais elle défigure les Caracteres au-delà de toute expreſſion ; elle n'a cours que pour les ordonnances des médecins, les préfaces des livres, les inſcriptions de fantaiſies, &c. (*Voyez ces cinq ſortes d'écritures dans les figures, pages* 1, 2, 3, 4, 5, 6 & 7.) Pour revenir aux variantes & abbréviations, quoiqu'il ſoit vrai de dire que ces différentes écritures en ont augmenté le nombre. Cependant les trois dernieres ont fait fort peu de mal, en voici la raiſon : elles ont été dirigées par des Savans, conſacrées par l'autorité publique, & portent plus ſur la forme générale des Caracteres que ſur leur ortographe. Auſſi les Lettrés ne ſe plaignent-ils que de ce qu'elles ont fait périr les anciens Caracteres, qu'il auroit été bon de conſulter pour avoir la vraie analyſe de pluſieurs d'aujourd'hui, qu'ils croient mal écrits & défigurés. Je comparerois preſque ces différentes manieres d'écrire le Chinois aux différentes écritures qui diſtinguent les manuſcrits d'un ſiecle de ceux d'un autre, & les variantes & abbréviations de ces mêmes Caracteres à ces mots bar-

C

bares ou eſtropiés des ſiecles d'ignorance, que l'on n'entend
qu'à la faveur d'un gloſſaire, qui ne rencontre pas toujours
juſte; encore les gloſſateurs Chinois ne ſont-ils pas auſſi ſûrs
que les nôtres, parce que les monumens leur ont manqué
dans des recherches encore plus délicates.

Je me ſuis bien étendu ſur la partie hiſtorique des Caraƈteres Chinois; mais je ne m'en repens pas. Perſonne que
je ſache n'a envoyé ces détails en Europe, & faute de les
ſavoir, les plus habiles ſont expoſés à bien des mépriſes;
mais l'eſſentiel, c'eſt qu'ils vont tourner en principes pour
diſcuter les conjeƈtures du ſavant Mr. *Needham*. En effet
pour que les ſymboles gravés ſur l'*Iſis* de la Bibliotheque
Royale de Turin fuſſent réellement ſemblables aux Caracteres Chinois qu'on cite. Il faudroit 1°. qu'ils fuſſent compoſés dans le goût des Caraƈteres Chinois. 2°. Ecrits de
quelqu'une des cinq manieres ou écritures différentes que
nous avons indiqué. Voyons ce qui en eſt.

Nous l'avons déja dit, les Caraƈteres Chinois ſont de deux
eſpeces : les élémentaires, qui ne vont guères qu'à 200; les
compoſés, qu'on dit monter juſqu'à 80000; les ſimples,
ſoit ſymboles, ſoit images, ne peuvent exprimer que les
idées ſimples, par conſéquent ils ne peuvent ſeuls former
une phraſe, un diſcours qui ſuppoſent pluſieurs idées complexes & dérivées. Or les Caraƈteres qui ſont ſur l'*Iſis*
ſont tiſſus de trop peu de traits pour être des Caraƈteres
compoſés, ſi tant eſt qu'ils ſoient des vrais Caraƈteres. Ils
ne peuvent donc pas exprimer des idées complexes & dérivées, ni par conſéquent ſignifier rien de lié & de ſuivi.
Je ſais que le ſtyle lapidaïre, le ſtyle des inſcriptions jouit
de bien de privileges; mais je ne crois pas qu'il puiſſe n'ê-
tre qu'une pure nomenclature. Du moins je ne me rappelle
pas d'en avoir vu d'exemple dans aucune inſcription ancienne. J'oſe ajouter que c'eſt contre le génie de la lan-

gue Chinoiſe, dès qu'on ſuppoſe un certain nombre de Caraĉteres. Ainſi à n'enviſager l'inſcription de l'*Iſis* que ſous
ce point de vue, elle n'a point une vraie analogie avec
les Caraĉteres de la langue Chinoiſe, & ce ſeroit peine
perdue que d'y chercher un ſens ſuivi.

Pour la reſſemblance & conformité des ſymboles de l'*Iſis*
avec les Caraĉteres Chinois cités par Mr. *Needham*, j'avoue
qu'elle eſt ſenſible, en particulier pour ceux des N°. 2, 3,
8, 9 & 31. On verra plus bas ce que je penſe de cette reſſemblance, & l'uſage qu'on en pourroit ſuivre ; mais pour
ce moment je me borne à obſerver qu'il y a pluſieurs de ſes
ſymboles dont le contour & les traits ſont différens de ceux
des Caraĉteres Chinois. Voici qui eſt plus déciſif : l'enſemble de tous ces Caraĉteres n'a rien de Chinois. Un coup
d'œil ſur quelque livre que ce ſoit, ſuffit pour s'en convaincre. Qu'on les compare avec les cinq différentes écritures
dont nous avons parlé plus haut, on n'y trouvera pas mieux
ſon compte. (*Voyez les figures, pages* 1, 2, 3, 4, *&c.*) Enfin pour n'avoir rien à me reprocher à cet égard, j'ai fait
copier une ſuite d'inſcriptions anciennes qui paſſent chez
les Antiquaires pour être du tems des *Chang* (q), c'eſt-à-
dire de plus de 1500 ans avant Jeſus-Chriſt. (*Voyez les figures, pages* 13, 14, *&c.*) Ou je ſuis bien trompé, ou qui
les comparera avec les ſymboles de l'*Iſis*, y trouvera autant
de différence qu'entre une page d'Arabe & une de Tartare.
Si on veut recevoir en Europe le témoignage des Chinois,
j'ajouterai qu'on a fait voir l'inſcription de l'*Iſis* à des *Han-
lin*, ou Lettrés du premier ordre, & à des Savans, qui par
état doivent connoître les anciens Caraĉteres : les uns &
les autres ont dit qu'elle n'étoit pas Chinoiſe, & qu'ils ne
pouvoient point l'expliquer. Les Mandarins & les maîtres
de langues ont dit auſſi qu'ils n'avoient vu aucune écriture
dans le tribunal des traduĉtions qui y reſſemblât. Moi-même

je l'ai comparée à huit fortes de Caractères étrangers à la Chine, la plupart anciens, & je n'ai rien remarqué qui indiquât la moindre reffemblance.

Conclufion. Il me paroît très-douteux que les fymboles de l'*Ifis* de Turin puiffent s'expliquer par les Caractères Chinois. Je ne vois aucun jour même à combiner un fens fuivi par la fignification rapprochée des Caractères cités dans le *Tching-tfée-tong*, cependant avant de renoncer aux conjectures de Mr. *Needham*, qui pourroient conduire à bien des découvertes, je crois qu'il feroit à propos de poufler l'examen plus loin & de prendre les chofes fous un point de vue, où le vrai ne peut échapper. Ce n'eft pas en cherchant des reffemblances & des à-peu-près dans un Dictionnaire moderne (*r*); Dictionnaire d'ailleurs qui fourmille de fautes, où l'on ne peut trouver un fil fecourable pour parcourir les détours du labyrinthe des Hiéroglyphes de l'ancienne Egypte. Il faut prendre les chofes de plus haut, & fe tracer une route plus courte, plus fûre & plus naturelle.

Voici comment je conçois la chofe d'après le peu de connoiffance que j'ai des Hiéroglyphes d'Egypte & des Caractères Chinois. 1°. Comme ce n'eft qu'en remontant dans la plus haute antiquité qu'on peut rapprocher les Hiéroglyphes Egyptiens des Caractères Chinois, je m'attacherai à choifir ce qu'il y a de plus ancien chez l'un & l'autre peuple. Je ne voudrois pas même me borner à une idée vague d'antiquité : on ne peut que gagner beaucoup à fixer d'après l'hiftoire l'époque des obélifques, momies & autres anciens monumens dont on voudroit expliquer les Hiéroglyphes, parce qu'il feroit plus facile d'interroger la partie de l'hiftoire de la Chine & de fes Caractères, qui pourroient aider à en trouver l'explication. 2°. Je ne prodiguerai pas mes recherches à tous les Hiéroglyphes indifférem-

ment, je préférerai les plus souvent répétés, les mieux confervés, les plus effentiels & ceux fur lefquels les anciens
nous ont laiffé des traditions & des conjectures. Si la Chine
m'en donnoit l'explication j'aurois un point d'appui & une
porte ouverte à mille découvertes ; fi au contraire elle ne
m'offroit aucun fecours, je m'arrêterois tout court & je ne
perdrois pas mes pas à errer à l'aventure dans les ténebres.
3°. Comme il eft de fait que l'idolâtrie eft très-ancienne en
Egypte & fort moderne en Chine, dès que je trouverois
des traits d'idolâtrie dans les Hiéroglyphes, je les abandon-
nerois à leur fort, n'irois pas confulter la Chine fur des
erreurs qu'elle a eu le bonheur d'ignorer. 4°. La croyance
d'un Dieu créateur, rédempteur, rémunérateur ; la tradition
de l'état d'innocence, du péché originel, du déluge ; le
culte religieux par la priere, les offrandes & les facrifices
étant communs à tous les anciens peuples, par leur defcen-
dance commune de Noë. Je m'attacherois à ces grands objets, non-feulement pour confoler ma foi, mais encore pour
avoir un point fixe de confrontation, & me donner une
regle affurée de vérification. 5°. Sans me faire un fyftême
de trouver une entiere conformité entre les Hiéroglyphes
d'Egypte & les Caracteres Chinois, je profiterois des connoiffances qu'on a de la langue Chinoife pour débrouiller
le chaos des Hiéroglyphes, en appliquant à ceux-ci la notice hiftorique & grammaticale de ceux-là. Revenons fur
chacun de ces articles.

C'eft une grande avance en matiere de recherches d'avoir
des bornes tracées, au-delà defquelles on fait fûrement qu'on
perdroit fes pas. Quelqu'attachée que foit la Chine à tout
ce qui lui vient des tems anciens, elle a eu le fort à bien
des égards de tous les autres Empires. Les grandes révolutions, les changemens de Maîtres, la décadence des Lettres ont effacé peu-à-peu les veftiges de l'antiquité ; les loix

ont varié, le cérémonial a été changé, la tradition alté-
rée, l'écriture défigurée, &c. Si je ne ſais de quel ſiecle
à-peu-près ſont les Hiéroglyphes qu'on me préſente, le moyen
de promener mes recherches de dynaſtie en dynaſtie, & de
ſuivre les détails de tout ce qui pourroit me donner des
lumieres ; vu ſur-tout que depuis l'incendie des livres, ce n'eſt
qu'en battant bien du pays qu'on peut chercher les traces
de l'antiquité, éparſe çà & là dans une forêt de livres, auſſi
ennuieux à parcourir que difficiles à entendre (ſ)? Ce n'eſt
pas que les Chinois n'aient des compilations & des reçueils
fort vaſtes diſtribués avec méthode ; mais comme les Hiéroglyphes étoient inconnus aux Savans qui ont préſidé à ces
grands ouvrages, il n'eſt pas poſſible de conjecturer où ils
ont placé ce qui peut y avoir du rapport (t).

Les Hiéroglyphes ne ſont pas comme nos alphabets, dont
la connoiſſance de quelques lettres donne la clef. Cependant
il eſt naturel de croire, que ſi on ſavoit ſûrement le ſens de
quelques-uns, on auroit bien de l'avance pour arriver à la
connoiſſance des autres. C'eſt dans cette vue que j'ai fait copier les Hieroglyphes que j'ai trouvés les plus ſemblables à
quelques anciens Caracteres Chinois. Sur la premiere colonne
ſous les Hieroglyphes tirés de *Kirker*. Dans la ſeconde les anciens Caracteres Chinois qui leur reſſemblent. Dans la troiſieme ces mêmes Caracteres écrits à la maniere d'aujourd'hui.
(Voyez les fig. pag. 9, 10, 11, 12.) J'aurois pu conſulter
Kirker pour rapprocher la ſignification des uns & des autres ;
tout bien conſidéré j'ai cru qu'il valoit mieux m'en tenir à la
ſignification littérale de chaque Caractere Chinois telle qu'on
la trouve dans les Dictionnaires. Cela ſent moins le ſyſtême
& prête plus aux conjectures & aux découvertes. Je ne nie-
rois pas que plus de recherches ne puſſent allonger la liſ-
te [u]. Mais je doute qu'on aille jamais bien loin par ce che-
min. Il me ſemble qu'on avanceroit plus par le moyen des

animaux, oiſeaux, plantes & autres figures myſtérieuſes des obéliſques. Pour peu qu'il y eût de reſſemblance à cet égard entre la Chine & l'Egypte, ce ſeroit une bonne veine. *Le chien, le crocodile, le bœuf, le ſerpent, &c.* pourroient donner matiere ici à des recherches. Il faudroit qu'on en fît en Europe ſur les animaux myſtérieux de Chine; ſavoir, le *dragon*, le *fong-hoang*, le *Ki-lin* & la *tortue*. Voici en peu de mots ce qu'en diſent les livres. Il eſt parlé du *dragon* dans l'*y-King* & le *li-ki* ſelon le livre *Choue-oüen*, le dragon eſt couvert de longues écailles jauniſſantes, il a de l'intelligence, de la pénétration, il peut à ſon gré ſe rendre viſible ou inviſible, ſe rapétiſſer ou s'allonger. Dans le Printems il eſt au-deſſus des nues, & en Automne au fond des eaux. Je gliſſe ſur bien d'autres fables, parce qu'elles ſont trop modernes. On repréſente le *dragon* avec une groſſe tête chargée de cornes, une vaſte gueule armée de dents & bordée de deux crocs ou barbes faites comme des ſerpentaux. Ses aîles ſont larges, & tiſſues d'une peau légere comme celle de la chauve ſouris; ſes pattes, au nombre de quatre, ſont terminées par des griffes crochues & perçantes comme celles de l'épervier. Les écailles qui couvrent tout ſon corps, vont toujours en diminuant juſqu'au bout de la queue qui eſt prodigieuſement longue. On le voit ſouvent repréſenté la gueule béante contre le ſoleil. Les habits de l'Empereur & des Princes ſont chargés de pluſieurs figures de dragons; mais il n'appartient qu'à l'Empereur de l'avoir avec cinq griffes & la tête de face. . . . Il eſt parlé de *Ki-lin* dans l'*y-King*, le *li-ki*, les *Seéchou*, &c. Selon les Ecrivains Chinois il a le corps de daim, la tête de brebis, la queue & les pieds de bœuf, les cuiſſes de cheval. Il eſt couvert d'écailles, & a une corne au milieu de la tête dont le bout eſt de chair. Quand il marche il ne fait point de tort aux plantes, & n'écraſe aucun inſecte. Sa voix reſſemble au ſon d'une cloche, le fond de fa couleur eft jaune, mais le jeu de fes écailles y fait briller les couleurs de l'arc-en-ciel, il vit mille ans..... Le *fong-hoang* a la tête d'un coq, le bec d'une hirondelle, le cou de ferpent, le corps d'oye, la queue de poiffon. Il brille de différentes couleurs, dit *cong-ing-ta*, naît dans un antre de pierre rouge, ne boit que de l'eau de fontaine, ne mange que du fruit de bambou ; fur fa tête eft écrit le caractere de *vertu*, fur fes aîles celui d'*obéiffance*, fur fon dos celui de *juftice*, fous fon ventre celui de *fidélité*, fur fa poitrine celui de *charité*! Il ne paroît que fous le regne des Empereurs qui font fleurir le bon ordre & les loix : il eft parlé du *fong-hoang* dans les *chou-king* & le *chi-king*. . . . Selon *eulh-ya* il y a dix fortes de tortues, la premiere fe nomme *chin-kouei*, la feconde *ling-kouei*, la troifieme *mi-kouei*, la quatrieme *pao-kouei*, la cinquieme *ouen-kouei*, la fixieme *tchi-kouei*, la feptieme *chen-kouei*, la huitieme *tfé-kouei*, la neuvieme *choui-kouei*, la dixieme *ho-kouei*. Tous ces noms font moins pour indiquer diverfes efpeces de tortues que pour marquer fes propriétés, le lieu où on la trouve, la figure qu'elle a, &c. On trouve des chofes admirables fur les Caracteres qui font fur fes écailles, fur la longueur de fa vie, fur fon ufage pour la divination, &c. mais ce n'eft pas dans les livres anciens. Les trois *King-y*, *chou* & *li-ki* qui en parlent, ne difent rien de tout cela. Ces quatre animaux font les feuls qui proprement foient myftérieux chez les Chinois (*x*) Il feroit bon d'examiner fi on les trouve fur les Hiéroglyphes. Peut-être même feroit-il bon de comparer les anciennes armes, les vafes des facrifices, les habits, meubles, & généralement tous les anciens monuments de Chine & d'Egypte. Des découvertes en ce genre pourroient conduire à d'autres bien effentielles. On a envoyé autrefois à Rome & à Paris de belles collections des antiquités Chinoifes. Il feroit aifé de les confulter : J'en ai fait copier un échantillon. (Voyez les fig. pag. 21, 22, &c.

Pour

Pour les Hiéroglyphes où l'on trouve *Ofiris*, *Anubis*, *Orus*, *Serapis*, *Ifis*, &c. Il eft inutile de chercher à les expliquer par les Caraèteres Chinois. L'*Y-King*, le *Chou-King*, le *Chi-King*, le *Li-Ki*, le *Tchun-Tfieou*, les *Sée-Chou*, le *Tao-te-King*, & généralement tous les anciens livres que j'ai vu, ne difent pas un mot qui y ait trait. Au furplus il me paroît démontré hiftoriquement que l'idolâtrie n'eft entrée en Chine que fous les *Hans*. Il y avoit du tems de *Confucius*, & plus anciennement encore, un culte fuperftitieux des efprits; mais ce culte ne reffemble en rien à ce que l'hiftoire raconte des fuperftitions des Egyptiens. J'ai examiné avec foin les planches gravées des vafes antiques, cloches, boucliers, drapeaux, cafques, & autres monumens anciens; je n'y ai trouvé aucun veftige d'idole, ni même de figure humaine : aujourd'hui encore l'ancien ufage de ne point faire de ftatues & de bas reliefs fubfifte, de façon qu'on n'en trouve que dans les temples ou chapelles d'idoles. L'architecture Chinoife ne connoît pas nos mafques, nos caryatides, nos termes, nos buftes, nos génies, &c. Je n'ai pas vu une feule tête humaine dans tous les monumens qui décorent les arcs de triomphe, les portes de ville, les palais de l'Empereur & les appartemens où je fuis entré.

Nul Empire au monde où lès fciences foient plus eftimées qu'en Chine, & où elles touchent de plus près au reffort du gouvernement. Cependant les Chinois ne font cas des fciences, qu'autant qu'elles influent au bien de la chofe publique. Tout ce qui lui eft étranger ou inutile, ils le négligent fans le méprifer. Ils ne croient pas que la vie d'un citoyen foit affez à lui, pour l'étendre à tout ce que les révolutions des fiecles, la diftance des lieux, ou les ténebres de l'antiquité ont comme pouffé loin de la fphere de leurs connoiffances. Que nous importe de favoir, difent-ils, ce que nos peres ont ignoré fans danger & ce que nous apprendrions fans

D

fruit, peut-être même pour devenir plus avides de ces connoiſſances ſtériles qui affament l'ame de nouveautés, & au-
gmentent en elle cette intempérance de ſavoir ſi fatale dans
tous les tems aux bonnes mœurs & à la vérité. Quoi qu'il
en ſoit de cette façon de parler & de l'uſage qu'on pourroit
en faire en Europe, elle ne peut avoir lieu par rapport aux
recherches propoſées ſur les Hiéroglyphes, ſi elles ont pour
but des connoiſſances dont la religion peut tirer avantage
contre l'impiété, ſi opiniâtre de nos jours à combattre l'é-
vidence & à ſe faire un bouclier des ténebres qui nous ca-
chent la vraie croyance de quelques anciens peuples. Pour
revenir au plan de recherches que je propoſe, voici le principe d'où je pars. *Noë* étoit un juſte, un grand Patriarche,
un ſaint inſtruit de tout ce que les enfans de Dieu d'avant
le déluge ſavoient de la religion. Cette religion ſainte il
l'aima, il en remplit les devoirs, juſqu'à trouver grace aux
yeux de l'Eternel, & en obtenir d'échapper avec ſa famille
à ce déluge affreux qui noya la terre avec tous ſes habitans.
Noë vécut 340 ans après être ſorti de l'Arche; & vit par
conſéquent pluſieurs générations de ſes deſcendans, qui tous
le révéroient comme leur Pere, leur Chef & leur Roi. Donc
il ſe fit un principe de conſcience de montrer la religion,
d'en enviſager les myſteres, d'en articuler les dogmes & d'en
maintenir le culte extérieur. Donc il s'y employa de toutes
ſes forces, & n'épargna rien pour prémunir ſa famille contre
les périls de l'impiété. La terre encore mouillée des eaux du
déluge, mille traces ſubſiſtantes de ſes ravages, la ſainteté
de ſes mœurs, l'autorité de ſon exemple, le crédit de ſon
grand âge, tout concouroit à donner de la force à ſes paroles, du poids à ſon témoignage & du ſuccès à ſon zele & à
ſes ſoins. En effet on trouve des traces ſenſibles de la religion de *Noë* chez tous les anciens peuples; & ce qui eſt
frappant, plus on remonte vers le tems de ce grand Pa-

triarche, plus ces traces de religion sont sensibles, plus elles
sont pures & aimables (*y*) ; qui voudra même y faire attention, trouvera que l'idolâtrie, qui a si long-tems lutté contre les anciennes traditions, a mieux réussi à les corrompre
qu'à les détruire. Ses fables (*z*) supposent d'anciennes vé-
rités, ses superstitions un culte de religion, comme la fausse
monnoie en suppose de véritable. Mais ce n'est pas ici le
lieu d'appuyer ces observations. *Noë* a enseigné la religion
à ses descendans, l'Egypte l'a conservée au moins quelques
siecles ; outre qu'il est aisé de le conclure de quelques textes
de la Genese, l'histoire profâne en fournit des preuves qu'on
ne peut rejetter : il en est de même de la Chine. Il n'y a qu'à
ouvrir les *King* pour s'en convaincre ; je crois même qu'il seroit aisé de prouver que le Théïsme a été la religion publique
de cet Empire jusqu'à *Tsin-Chi-Hoang*, fondateur de la quatrieme dynastie, 230 ans avant Jesus-Christ ; & que si depuis
elle a été moins pure, moins universelle, moins triomphan-
te, le premier rang qu'elle a toujours tenu, les combats qu'elle
a rendus, les victoires qu'elle a remportées, le témoignage una-
nime de l'histoire & des livres prouvent évidemment qu'elle
a toujours subsisté, & subsiste encore malgré tous les efforts
de l'impiété, de l'idolâtrie & d'une foule de sectes. Cela sup-
posé, comme l'écriture est de toute antiquité chez les Egyptiens & chez les Chinois, si elle est la même, elle aura exprimé de la même maniere, les mêmes dogmes, les mêmes
faits, le même culte. Ainsi, par exemple, en comparant les
Hiéroglyphes Egyptiens sur la Divinité avec ce qu'en disent
les Chinois par leurs plus anciens Caracteres, on trouvera le
point précis de ressemblance de leurs deux Caracteres ; ou on
se convaincra que quoique Hiéroglyphes l'une & l'autre elles
s'expriment différemment. Cette sorte de comparaison est
d'autant plus sûre qu'ayant déja une idée claire de l'objet
de la ressemblance, c'est comme un compas qu'on porte sur

deux grandeurs dont on cherche l'égalité, ou si l'on veut encore, comme l'original de deux tableaux qu'on veut comparer. Faisons l'essai de cette maniere de procéder.

Parmi les anciens Caracteres Chinois qui ont été conservés, on trouve celui-ci △ qu'on a écrit depuis 𠓥. Selon le Dictionnaire de *Kang-hi* ce Caractere signifie *union*. Ecoutons les Chinois sur son analyse (*aa*). Selon *choue-ouen*, ce Livre si vanté, △ est *trois unis en un*. Il dérive de ce caractere des caracteres 𠆢 *jou* entrer, pénétrer & — 屮 un, d'où l conclut que △ c'est trois unis, pénétrés, fondus en un. *Lieou chou tsing hoen* qui est une explication raisonnée & savante des plus anciens caracteres s'exprime ainsi : ,, △ signi-
,, fie union intime, harmonie, le premier bien de l'homme,
,, du Ciel & de la terre, c'est l'union des trois. *Tsni* (*Tsai*
,, signifie principe, puissance, habilité) Dans le *Tao*; car
,, uni, ils dirigent ensemble, crient & nourrissent. L'ima-
,, ge 𦒞 (trois) unis en une seule figure n'est pas si obscure
,, en elle-même, cependant il est difficile d'en raisonner
,, sans se tromper, il n'est pas aisé d'en parler. " Je connois la délicatesse de notre siecle, & la rigueur des plus sages critiques, dès qu'il s'agit de religion. Malgré cela j'ose conjecturer que le caractere △ pourroit avoir été chez les anciens Chinois le symbole de la très-adorable Trinité. Car outre que les paroles que je viens de citer, donnent lieu de le penser. On trouve dans les anciens Livres une foule de Textes qui font croire que les anciens Chinois connoissoient ce grand mystere. Le Livre *See-ki* dit : *Autrefois l'Empereur sacrifioit solemnellement de trois en trois ans à l'esprit Trinité & Unité.* 𥘈 中 ☰ — *ehin san y.* On connoît en Europe le fameux texte de *lao tseé Tao* (*bb*) est un parjnature. Le premier a engendré le second; deux ont produit le troisieme; les trois ont fait toutes choses. Mais je doute qu'on ait vu celui-ci qui me paroît singulier: ,, celui qui est comme visible

„ & ne peut être vu, fe nomme ♃ ; celui qu'on peut enren-
„ dre & qui ne parle pas aux oreilles *hi ;* celui qui eft comme
„ fenfible & qu'on ne peut toucher, fe nomme *ouci* ; en vain
„ vous interrogez vos fens fur tous trois , votre raifon feule
„ peut vous en parler, & elle vous dira qu'ils ne font qu'un,
„ au deffus il n'y a point de lumiere, au deffous il n'y a point
„ de ténebres. Il eft éternel. Il n'y a point de nom qu'on
„ puiffe lui donner, il ne reffemble à rien de tout ce qui
„ exifte. C'eft une image fans figure, une figure fans matiere.
„ Sa lumiere eft environnée de ténebres. Si vous regardez
„ en haut vous ne lui voyez point de commencement, fi vous
„ le fuivez vous ne lui trouvez point de fin. De ce qu'il étoit
„ le *Tao* de tous les tems, concluez ce qu'il eft ; favoir qu'il
„ eft éternel, c'eft un commencement de fageffe. " Le commentaire dit des chofes fi fortes & fi claires, que je n'ofe les
traduire, pour ne pas effaroucher les efprits. D'ailleurs, comme
il n'eft pas d'une haute antiquité, on n'en pourroit rien conclure pour la queftion des Hiéroglyphes. Pour les textes cités,
ils font très-anciens. Malgré cela tout ce que je demande,
c'eft qu'on les regarde comme la Palinodie d'*Orphée*, à la fa-
meufe lettre de *Platon à Hermias.* Où à ne les prendre que
fur ce pied, il eft naturel d'en conclure que les anciens Chinois ayant quelque connoiffance du Myftere adorable de la
très-fainte Trinité, le caractere ∆ en étoit probablement le
fymbole. Cela fuppofé, il faudroit examiner fi l'on trouve
quelque Hiéroglyphe Egyptien qui reffemble au caractere ∆,
& fi les (*cc*) explications qu'en donnent les Anciens, s'ac-
cordent avec celles que j'en viens de donner d'après les Chinois, il me femble que fi elles étoient à-peu-près les mêmes,
on feroit en droit de conclure que les Chinois & les Egyptiens ont puifé cette idée à la même fource, & probablement
auffi la maniere de l'exprimer par l'écriture hiéroglyphique.
La chofe feroit évidente fi cette reffemblance s'étendoit à un

certain nombre de Caractères & de Hiéroglyphes : mais quels
avantages n'en retireroit-on pas pour expliquer les autres. Les
conjectures se changeroient en probabilités , & les probabilités en évidence; mais qui aura le courage de se dévouer &
d'entreprendre des recherches également longues , dégoûtan-
tes & difficiles, on risque encore d'être criblé des bons mots
d'un certain genre de savans. Qui sait même s'ils ne m'affu-
bleroient pas des épithetes d'esprit borné, d'ame foible & en-
croutée de petites idées de religion; si ces vues que je propose, leur étoient communiquées. Comme si on ne montroit
de vrai savoir qu'en épousant des systêmes qui dégradent la
raison, ou en parlant avec profondeur sur des rêves méta-
physiques.

Enfin la connoissance qu'on a des Caractères Chinois pourroit servir à débrouiller le cahos des Hiéroglyphes d'Egypte.
Le nombre en est si grand qu'il pourroit bien se faire que ce
ne fût que la différente maniere de les tracer, qui les eût
ainsi multiplié. Les Chinois ont fait les variantes, ou plutôt
les synonimes de leurs Caractères; peut-être qu'en descen-
dant des plus anciens Hiéroglyphes aux plus modernes, on
viendroit à bout de distinguer ceux qui ne sont que synonimes. Il est incertain si les figures & symboles élémentaires
des Caractères Chinois n'ont pas été réduits en petit dès les
premiers temps pour la commodité de l'écriture. Peut-être
qu'il en aura été de même en Egypte , & que les Hiéroglyphes composés d'images & de figures, n'auront été employés
que dans les grands monumens , les obélisques , &c. & que
sur les petites pieces, comme momies, bas-reliefs , inscriptions, on se sera servi d'Hiéroglyphes abrégés & réduits à
quelques traits en la façon des Caractères Chinois. Dans ce
cas on se donneroit bien des avances en cherchant quels sont
les grands Hiéroglyphes dont les petits sont les abrégés. Jusqu'ici on a toujours donné un sens complet, une signification

propre à chaque figure hiéroglyphique. Ne pourroit-on pas essayer d'en réunir plusieurs pour en former un seul à la maniere des Caracteres Chinois, & voir ensuite s'ils ne seroient pas plus faciles à expliquer ? Tous les expédients que je propose, paroîtront peut-être ridicules en Europe, mais il faut faire attention que je parle d'après la supposition qu'il y a beaucoup de ressemblance ou du moins une certaine analogie entre les Hiéroglyphes Egyptiens & les Caracteres Chinois. Si elle est réelle, ces divers expédients peuvent conduire à quelques découvertes essentielles. Enfin je crois qu'il faudroit profiter de toutes les indications que peut donner la notice des Caracteres Chinois ; par exemple, il y a des Caracteres Chinois qui ne sont point composés selon la regle des *licou-y* dont nous avons parlé, mais d'après certains faits, usages, traditions, &c. qu'on a voulu conserver à la postérité par les figures & symboles dont on les a tissus. Donnons des exemples. La Lune intercalaire *jun-yue* qui revient sept fois en dix-neuf ans pour accorder les années solaires avec les lunaires, s'exprime par la figure de *porte* au milieu de laquelle est le caractere de *Roy*. La raison de cela c'est que jadis à cette Lune l'Empereur se tenoit à la porte du Temple pour faire le sacrifice, au lieu qu'aux autres il entroit dedans, le caractere *tcha*, qui signifie écriture, est composé de trois caracteres, *couteau*, *union*, *bambou*, parce qu'autre fois on gravoit les caracteres sur des petites planchettes de bambou qu'on lioit les uns aux autres. Le caractere *ting vase* signifie aussi *renouveller*, parce qu'à chaque changement de Dynastie on fondoit de nouveaux *ting* pour les cérémonies des ancêtres. Le nombre de ces caracteres historiques, allégoriques, typiques, &c. est très-grand. (*dd*) Ne pourroit-il pas se faire qu'il y eut des Hiéroglyphes dans ce goût ? Mais le moyen de les distinguer, & quand on pourroit y réussir, comment en trouver la vraie signification ? Il me semble que s'il y en

avoit quelques-uns dans ce goût qui euffent trait à la Religion, à fes prophéties, fes promeffes, fes traditions, fes dogmes, &c. Il feroit plus aifé d'expliquer l'énigme. Quelques
exemples tirés des Caracteres Chinois feront entendre ma
penfée : mais avant d'aller plus avant, je déclare qu'on ne
doit prendre ce que je vais dire que comme des conjectures
pour lefquelles je ne demande pas plus de croyance que fi
elles n'avoient point trait à la Religion, du refte je n'ai
aucune précaution à prendre contre cette critique four-
cilleufe & hériffée de petits préjugés impies, qui n'a que
des éclats de rire pour tout ce qui offufque les idées,
dont elle berce fon incrédulité & fes délires. Le Caractere
de *barque*, *vaiffeau* eft compofé de la figure de *vaiffeau*, de
celle de *bouche* & du chiffre *huit*, ce qui peut faire allufion
au nombre des perfonnes qui étoient dans l'arche. On trouve
encore les deux Caracteres *huit* & *bouche* avec celui d'*eau* pour
exprimer *navigation heureufe* : fi c'eft un hafard, il s'accorde
bien avec le fait.... Le Caractere *kieou*, qui fignifie *pervers
intérieurement*, *mauvais*, eft compofé du Caractere *mien*, *élevé
au-deffus* & de celui de *kicou*, *neuf*. Seroit-il hors de vraifemblance que c'eft une allufion à Lucifer ? vu fur-tout que l'*Y-
King* fe fert de ce Caractere pour défigner le Dragon, dont
il dit : *il gémit de fon orgueil*, & plus bas : *l'orgueil l'a aveuglé;
il a voulu monter au ciel*, *& il s'eft abîmé dans le fein de la terre.*
A cette occafion je remarquerai que dans le *Chan-Hai-King*,
livre très-ancien, j'ai vu un ferpent repréfenté avec neuf
têtes humaines ; il y a encore un tigre & un paon à neuf
têtes ; & ce qui eft fingulier dans le paon, il y en a une
qui eft plus groffe que les autres, & occupe le milieu. Ceci
peut ne rien fignifier ; mais il eft fingulier qu'on ne trouve
point de ces monftres à quatre, fix, huit têtes.... Le Caractere *chi* qui, felon *Choue-ouen*, fignifie *exciter au bien*, *dé-
tourner du mal*, eft compofé du Caractere *ehi*, *montrer*, &
deux

deux Caractères *mou, arbre*; ces deux arbres ne seroient-ils pas celui de la science du bien & du mal & l'arbre de vie.... Le Carrêtere *lan, convoiter* est composé de deux *mou, arbre*, au milieu desquels est le Caractere de *niu, femme*; *euang*, *perdre* est composé du Caractere *ouang, se cacher, mourir* & de celui de *niu, femme*; cela s'accorde bien avec le péché d'Eve. ... Voici des Caracteres d'un autre genre & que l'on peut regarder comme prophétiques. Selon *Tchangtsien*, critique fameux, les anciens Chinois se saluoient en s'abordant par ces deux mots *vou yang, sans agneau*; on donnera tel sens qu'on voudra à ce salut singulier, mais il me paroît que le Caractere *yang, agneau* est employé dans plusieurs Caracteres, de façon à faire conjecturer que la signification qui y étoit attachée indiquoit l'Agneau sans tache immolé pour le salut du monde : je ne ferai que les indiquer. *Yang, agneau* avec *sin, cœur* signifie tristesse, inquiétude; (la figure d'agneau est placée sur celle de cœur) avec *ti, grand, beauté, charmes innocens*; avec *yen, parole, expliquer*; avec *cong, ouvrage, envoyé*; avec *Kiun, Chef, Roi*; avec *ugo moy, justice, sainteté*; *yen* avec *maison, école*; avec *pao, embrasser, honorer intérieurement, adorer*..... On feroit une longue nomenclature de ces sortes de mots ; car, comme disoit le célebre *Li-Kouang-ti* dans une requête à *Kang-hi*, les livres anciens sont pleins de mots obscures en eux-mêmes ; c'est pourquoi il faut les expliquer (*ee*) d'une maniere spirituelle & non vulgaire ; & pour le dire en finissant, quoique je sois bien éloigné de croire à ces analyses & explications des anciens Caracteres, comme à des preuves très - concluantes de l'ancienne croyance des Chinois : je pense cependant qu'il ne faut pas les rejetter, & que si elles étoient confirmées d'ailleurs par des textes formels des *King*, ou autres anciens livres, elles seroient revêtues d'un degré d'au-

E

torité, capable d'entraîner les suffrages des plus épineux
critiques (*ff*).

Revenons aux Hiéroglyphes, & difons qu'il faudroit examiner fi on n'en trouveroit pas dans le goût de ces Caracteres hiéroglipho - myftiques. Les lumieres qu'on tireroit des
uns aideroient à expliquer les autres. En un mot, je penfe
que fi on n'a égard à bien des chofes qui n'ont pu influer à
la fignification des Hiéroglyphes, on ne parviendra jamais
à les expliquer d'une maniere fatisfaifante. A quoi bon des
détours? S'il y a une vraie reffemblance entre les Hiéroglyphes d'Egypte & les Caracteres Chinois, & qu'on veuille
en profiter pour les expliquer, on n'y réuffira jamais que par
des recherches immenfes, une critique plus timide que celle
de ce fiecle, & une longue application à débrouiller les
Hiéroglyphes & à les claffer jufqu'à un certain point : peut-
être même les plus favants auroient-ils befoin encore du
fecours de la Chine, mais ce fecours de qui l'efpérer? Les
Miffionnaires ont un objet plus férieux & plus preffant.
D'ailleurs quelqu'un de ceux qui font à *Pe-King* eut-il le
courage de rendre fervice en confacrant à des recherches
difficiles, le peu de loifir que lui laiffent fes occupations
journalieres ; il faut fonger qu'il n'a aucun de ces fecours qui facilite cette forte d'études, & que ce ne feroit
qu'en lui digérant les matieres, en allégeant fon travail,
en lui donnant des aifances qu'il pourroit remplir fa tache.
En général, on n'a pas affez d'égard en Europe à la pofition d'un Miffionnaire. L'équité demanderoit qu'on le ju-
geât, non pas d'après ce qu'on voudroit de lui : mais d'après
ce qu'il eft à portée d'exécuter dans une terre étrangere,
où l'on ne trouve aucun des fecours les plus néceffaires
qu'avec des recherches & des emprunts fort difficiles, &
où le défaut feul de copiftes double ce qu'il y a de plus

(35)

ennuyeux dans tout ouvrage de longue haleine : d'ailleurs, puifque l'occafion s'en préfente, je n'en ferai point myftere. Bien des Miffionnaires font dégoûtés de travailler pour l'Europe, lors même, difent-ils, que nous n'avons cherché qu'à être utiles à la Religion & aux fciences ; on a empoifonné ce que nous avons dit de plus innocent ; on nous a prêté des vues çoupables ; on a défiguré, calomnié, corrompu nos relations les plus innocentes, en forte que nous avons eu le chagrin de nous voir cités dans des ouvrages de ténebres deftinés à combattre la Religion que nous prêchons au péril de notre vie, & à qui nous avons facrifié tous les agréments de la condition humaine, le moyen, avec cela que la plume ne nous tombe pas des mains? Que les morts enterrent les morts : (gg) pour moi je l'avoue, il m'en a coûté de me mettre au-deffus de bien des craintes, & ce n'eft qu'en tremblant que j'ai hazardé cette réponfe à la queftion propofée fur les conjectures du favant Mr. *Needham.* Toute ma confiance, c'eft que mes intentions font pures, & que je parle à des fages qui ne prendront pas de la main gauche ce que je leur préfente de la droite. Leur probité fera mon apologie.

Je finis M. M. en vous demandant de me lire avec des yeux pleins d'indulgence & de bonté. Un écrivain, qui travaille de lui-même pour le public, doit fe précautionner contre le critique, & n'a droit d'obtenir grace que fur des fautes qu'il n'a pu éviter. Je ne fuis pas dans ce cas. Si j'ai pris la plume, ce n'eft que pour avoir l'honneur de répondre à votre lettre, & vous témoigner l'envie que j'aurois de vous obliger. Ne me jugez pas comme un homme de lettres ; mais comme un pauvre Miffionnaire qui tâche d'étudier J. C. crucifié, de le faire connoître, de l'aimer de tout fon cœur, & eft fort neuf, &

E ij

fort ignorant , en toute forte de fciences , & de littérature. J'ai l'honneur d'être avec le plus profond refpect,

MESSIEURS,

VOtre très-humble & très-
obéïffant ferviteur,
**** de la Comp. de JESUS.

P. S. Cette Lettre, avec les Notes & Figures, a été lue par
deux anciens Miffionnaires de notre maifon , très-verfés dans les
fciences Chinoifes , & ils l'ont approuvée. Si quelques endroits de-
mandoient des éclairciffements , je me ferai un plaifir de les donner, fi je fuis en état de le faire. Il faudra adreffer les lettres au
R. P. BENOÎT, Supérieur de la réfidençe des Jéfuites François
à Pe-King.

N O T E S.

MA Lettre finie, j'ai remarqué qu'elle eſt pleine d'aſſertions, qui demandent des preuves ou des éclairciſſemens. J'aurois pu attendre qu'on les demandât : mais j'ai mieux aimé les mettre en forme de Notes pour ſervir de preuves de ma ſin- cérité & de ma bonne volonté. Si elles ne ſuffiſent pas, je répondrai avec plaiſir à tous les doutes qu'on me fera l'honneur de me propoſer. Je prie ſeulement de faire attention qu'on doit me faire grace pour tout ce qui n'eſt qu'érudition Européenne. Je ſuis réduit à cet égard à des réminiſcences qni peuvent me tromper, & que je ne puis vérifier faute de Livres.

Page 7.

(a) Le célebre Mr *Frevet*, veut *quelques ſiecles* pour ce voyage, à cauſe des reſtes du Déluge, de la longueur & de la difficulté des chemins. *Mém. de l'Acad. des Inſcrip. & Belles-Lettres, Tome XV.* Pour l'article des reſtes du Déluge, ou- tre que l'Ecriture dit *arefacta eſt terra* avant la ſortie de *Noë* de l'Arche ; il eſt évident que le long eſpace de tems qui s'étoit écoulé depuis cette ſortie juſqu'à la diſperſion des peuples, étoit ſuffiſant pour effacer ces prétendus reſtes du Déluge. D'ailleurs les plaines de *Sennaar* étoient habitées, celles de l'Egypte pouvoient l'être : pourquoi n'en auroit-il pas été de même de celles de l'Aſie Orientale ? Je crois bien que la Colonie qui vint en Chine, ne fit pas le voyage en quelques mois. Mais les marches des grandes armées de *Bacbus*, d'*Alexandre*, de *Tamer- lan*, de *Gengiskan*, &c. celles mêmes des Sauvages des deux Amériques peu- vent qu'il falloit moins de *quelques ſiecles*. Que dis-je ? L'Empereur, actuellement regnant en Chine, a envoyé des Colonies dans les nouvelles conquêtes d'*Yſi* & *Irquen*, & elles n'ont employés que quelques mois à y arriver, malgré les monta- gnes, les rivieres & les déſerts qu'il a fallu traverſer. Puis ſeroit-il incroyable qu'on ſe ſervit de vaiſſeaux ? L'Ecriture même ne ſemble-t-elle pas l'inſinuer en diſant des enfants de *Japhet* : *ab his diviſæ ſunt inſulæ gentium*, qui a dit aux ſavants que les premieres Colonies marchoient à l'aventure ſans ſavoir où s'adreſſoient leurs pas ? Indépendamment des connoiſſances géographiques que *Noë* pouvoit avoir eu avant & après le Déluge, il me paroît que ce pere des peuples étoit trop ſage pour ne pas prévoir la diſperſion néceſſaire de ſes enfans, & trop prudent pour ne pas la préparer, ſoit en envoyant à la découverte, ſoit en faiſant des re- cherches propres à la diriger. Si on ne veut pas admettre qu'il vécût encore au tems, où elle ſe fit : ſes fils y auront préſidés chacun pour leur famille, ne fai- ſant partir une Colonie que quand ils lui auroient trouvé une bonne contrée. Cela eft d'autant plus probable qu'on voit par la Génefe, qu'ils partageoient en quelque forte l'Univers entre eux trois; tous ceux d'une même famille allant d'un côté, & ne fe mêlant pas avec les autres. J'ai vu dans l'Hiftoire Chinoife que *Hoang-li*, ne pouvant pourfuivre fon ennemi à caufe que le tems étoit couvert, monte fur un char qui marquoit le Sud fur l'impériale, cela reffemble bien à la bouffole. Or fi *Hoang-li* s'en fervoit, eft-il hors de vraifemblance qu'elle datoit des plaines de *Babylone*, & que les autres nations qui en étoient forties, comme les Chinois, l'avoient emportée pour diriger leur marche. Enfin, je ne puis me perfuader que les enfans de *Noë* marchaffent à l'aventure dans leurs émigrations. Leur ignorance eut-elle été telle qu'on veut la dire, il auroit été de la Providence de Dieu, qui les avoit forcé par un miracle à fe difperfer, de leur en faciliter les moyens. J'ajoute, ce que nous en favons prouve qu'elle a été conduite avec beaucoup d'intelligence. Voyez *Bochard* & les autres Commentateurs de la Genefe.

Page 7.

(*b*) *Kirker* ne paroît pas en douter dans fon *Obélifque Pamphile*; on trouve auffi dans *Eufebe*, dans *Jofeph*, dans *Amien Marcellin* des preuves affez concluantes de l'invention des lettres avant le Déluge. Pour en dire ici ma penfée, il m'a toujours paru bien dur à croire que l'invention de l'écriture ait été auffi tardive qu'on le dit dans bien des Livres. L'Ecriture parle d'une Ville bâtie, de l'invention de la Mufique, & de l'art de travailler les métaux avant le Déluge. Cela fuppofe bien d'autres connoiffances: en effet, pourquoi le génie de l'invention auroit-il attendu jufqu'après le Déluge pour defcendre fur la terre? Les premiers hommes étoient-ils des barbares, eux qui ont vécu dans les plus beaux jours du monde; qui ont joui des prémices de la raifon, & hérité des connoiffances du premier homme? Ne s'eft-il pas écoulé affez de tems entre la création & le Déluge pour qu'ils aient pu inventer & perfectionner les arts, les fciences & l'ecriture, &c. Il me paroît difficile d'en douter, & encore plus que *Noë* n'ait pas confervé à fes enfans toutes les connoiffances qui pouvoient leur être utiles. J'oferois prefque affurer qu'il l'a fait. Quels font les plus anciens peuples que nous connoiffions? Les *Chaldéens*, les *Babyloniens*, les *Egyptiens* & les *Chinois*. Or on trouve chez eux dès le commencement, les *arts*, les *fciences*, l'*écriture* : preuve palpable qu'ils étoient un héritage de leurs peres, & non pas le fruit tardif de l'invention & du progrès. Qu'on examine la date de ces grands ouvrages, dont tous les fiecles ont admiré la magnificence, & qu'aucun n'a pu égaler. Mais pour ne parler que des Chinois; on trouve chez eux l'aftronomie, & la mufique dès le tems de *Fou-hi. Hoang-ti* fit élever un palais, conftruire des barques, écrire des livres, exécuter une fphere. Ne voulut-on rien croire des tems qui ont précédé *Tao*, il ne faut que lire le *Chou-King*, ce livre fi ancien & fi authentique, pour être convaincu que les arts & les fciences fleuriffoient fous fon regne. Les tributs feuls que lui offroient fes fujets & les grands ouvrages de *Tu*, qui fubfiftent, prouvent que dès-lors on avoit pouffé bien loin toutes les connoiffances. Mais fi les

Chinois, les *Chaldéens*, les *Aſſyriens* & les *Egyptiens* ont eu dès le commencement les ſciences & les arts, pourquoi n'en auroit-il pas été de même des autres? *Non eſt priorum memoria*, dit le Sage. Cette ignorance eſt-elle une raiſon de tout nier? Notre malheur en Europe c'eſt de ne connoître l'antiquité que par les *Grecs* & les *Romains*, qui ſont des peuples modernes comparés à tant d'autres. Puis quel fond peut-on faire ſur ce qu'ils racontent des anciens tems? Eux qui ſont venus ſi tard, n'ont pu débrouiller le commencement de leur hiſtoire, & n'ont trouvé aucuns monumens chez eux pour celle des autres peuples. Bien en prend aux Chinois d'avoir chez eux des preuves invincibles de leur antiquité; car ſur le ſilence des *Grecs* & des *Romains* on n'auroit pas manqué de la traiter de fabuleuſe. La choſe auroit été démontrée, ſi ce grand Empire étoit tombé dans la barbarie de l'*Egypte*, de la *Chaldée* & de l'*Afrique*. J'ai un vrai regret de voir les Savans ſubjugués par les écrits des *Grecs* & des *Romains*, ne regarder les *Noachides* que comme des pâtres à demi-barbares, ce préjugé peut conduire à bien des erreurs. Il eſt plaiſant de voir que tel Ecrivain, qui croit à la tour de Babel, ſe donne la torture pour expliquer comment la vue des branches de deux arbres qui ſe touchoient donna la premiere idée d'une cabane.

Page 8.

(*c*) On compte aujourd'hui cinq *King*, *Li-King*, qui eſt un commentaire ou explication des *Koua*, ou lignes de *Fou-hi*. Si les Chinois excedent dans l'eſtime qu'ils en font, les Européens ne l'entendent pas aſſez pour avoir droit d'en faire aucun cas.... Le *Chou-King* eſt un fragment conſidérable de l'ancienne hiſtoire, ou plutôt un extrait de quelques harangues & faits importans des trois premieres Dynaſties.... Le *Chi-King* eſt un recueil de chanſons, odes, cantiques, & autres poéſies de la plus haute antiquité.... Le *Li-Ki* eſt une compilation des débris de l'ancien *Li-Ki*, de quelques traits d'hiſtoire & de diverſes ſentences & réponſes de *Confucius*, recueillies par ſes diſciples.... Le *Tchien-tſicou* contient les annales du Royaume de *Lou*, elles ſont écrites dans le goût de l'abrégé de l'hiſtoire de France du Préſident *Hainaut*; mais avec tous les avantages du laconiſme & de l'énergie des Caractères Chinois. Ces cinq *King* ſont, je crois, les livres profânes les plus anciens du monde. Le *Chou-King* a été traduit par le Révérend Pere *Benoiſt*, le *Chi-King* & le *Li-Ki* par le Réverend Pere de la *Charme*, les manuſcrits du *Chou-King* & du *Chi-King* ſont en Europe.

Page 9.

(*d*) J'ai choiſi la grande hiſtoire, faite ſous la Dynaſtie des *Jong*, dans 11 ſiecles après Jeſus-Chriſt, elle ſe nomme *Tſée-tchi, tong kiue kang mou*, c'eſt celle que *Kang-hi* fit traduire en Tartare, & qu'il décora d'une Préface, où il la loue beaucoup.

(40)

Page 10.

(*e*) Les Chinois ont été par rapport à l'Histoire comme nos anciens Géographes par rapport à l'Asie orientale & l'Amérique avant les découvertes de ces derniers siecles, ceux-ci adaptoient le mieux qu'ils pouvoient aux pays connus ce qu'ils trouvoient dans les anciens livres de tant de Contrées & de Climats qu'on ne connoissoit plus, ils décomposoient les noms, en arrangeoient les descriptions, corrigeoient les positions pour les faire cadrer à ce qu'on savoit de leur tems, & croyoient montrer en cela beaucoup d'érudition & de critique. Combien de choses ne rejettoient-ils pas comme fabuleuses, dont on a découvert la vérité, après que nos vaisseaux ont eu doublé le Cap de Bonne-Espérance. Les Chinois en auront fait autant pour l'histoire des premiers tems & des autres peuples; ils auront voulu tout concilier avec leur histoire particuliere & avec leur géographie, & ils auront tout brouillé; mais cela est excusable, vu qu'ils ne connoissoient point la sphéricité de la terre, & ne voyoient autour d'eux que de petits peuples à demi-barbares & des vastes mers. Qu'on se souvienne de la maniere dont *Horace* parloit de l'Angleterre & du détroit de Gibraltar. C'est merveille de voir les anciennes Géographies des Chinois, faites d'ailleurs par des gens habiles, qui ont traité à fond ce qui regarde la Géographie de la Chine pour toutes les Dynasties. J'ai eu entre les mains une ancienne carte où la Chine est représentée quarrée & environnée de vastes mers, semées d'autant d'isles que les Chinois comptoient de peuples & de Royaumes. Le moyen avec cela que les plus habiles n'aient pas cru montrer beaucoup de discernement, d'érudition & de critique en adaptant à la Chine tout ce que la tradition ou l'histoire leur avoit conservé des tems antérieurs au Déluge, ou à la dispersion des enfans de *Noë*, tant il est vrai que l'ignorance des faits antée sur un certain savoir, est le fléau de la vérité & une source féconde d'erreurs. Nos expériences devroient nous rendre plus timides à prononcer. La Chine est aujourdhui assez connue en Europe. Mais que de bons mots ne disoient pas les savans & les critiques, lorsqu'on commençoit à parler de ce vaste Empire? On démontroit que la grande muraille étoit un ouvrage trop insensé pour avoir été projetté, trop dispendieux pour avoir été entrepris, trop long pour avoir été exécuté: les bonnes raisons ne manquoient pas. Cependant la grande muraille existoit & existe encore : je l'ai vue. Jamais peut-être il n'y a eu tant de crédulité & d'incrédulité que dans ce siecle. On croit pour ne point croire : belle philosophie!

Page 10.

(*f*) *Lieou-cuih-tchi* (*) dit en termes exprès : *nous ne pouvons découvrir le sens*

_____

(*) C'est un ouvrage en quatre volumes, fait sous le regne de *Kang-hi*; l'on y trouve comme l'extrait de tout ce qui a été dit de mieux sur les Caracteres Chinois, en particulier dans la savante & belle Préface qui occupe les premiers volumes du *Choue-ouen*, de *Tchang-tsien*.

fens de beaucôup d'endroits des King , parce que nous ne favons plus le *fens mé-*
taphorique de plufieurs caractieres.

Page 22.

(*g*) On peut croire en Europe que les éloges qu'on donne à la langue Chinoife ,
font un peu exagérés , peut-être même outrés. Mais j'ofe affurer que ce qui eft bien
écrit , eft au-deffus de tout ce qu'on peut en dire. Toutes nos langues d'Europe n'ont
rien qui puiffe donner idée de la force & du laconifme pittorefque de certains
morceaux. Un feul caractere fait tableau , les bons écrivains connoiffent & employent avec fuccès toutes les figures que les Grecs & les Romains ont employé
avec tant d'art dans leurs ouvrages. Le génie de la langue Chinoife & de fes caracteres leur donne une nouvelle force , les vers réuniffent tout à la fois la mefure ,
la rime , & une forte de breves & de longues plus délicates encore que celles du
Grec & du Latin. On vante l'harmonie imitative d'*Homere*. Elle eft très-familiere
à la poéfie Chinoife ; au lieu de dire , par exemple , on entend le bruit des tambours ; le *chi-king* , dit-on , entend le *tang* , *tang* des tambours. *Liv.* 3 , *Ode* 6.
Cette citation n'eft pas des plus heureufes , mais c'eft la feule qui me vienne. A la
faveur du *Ouen* , la poéfie Chinoife exprime fans fortir du ftyle le plus fublime
les chofes les plus triviales , & que nous ne pouvons nommer dans nos vers. On
a voulu doûter qu'elle eut de l'harmonie , étant compofée de mots tous monofyllabes. Je n'ai que ce mot à dire. Ceux qui lifent le mieux nos vers , découfent ,
pour ainfi dire , les fyllabes des mots , & pefent fur chacunes , de façon qu'ils
femblent prefque ne lire que des monofyllabes. Puis ! qui ne fait pas que *Quinault*
avoit réduit tout fon Dictionnaire poétique à quelques centaines de mots prefque
tous fort courts. Si on l'examinoit bien , peut-être trouveroit-on que les mots les
plus effentiels ont été & font encore fort cours , *Ciel* , *air* , *eau* , *feu* , *mort* , *main* ,
œil , *pied* , *corps* , *cœur* , *dos* , *pain* , *fruit* , *bois* , *voir* , *ouïr* , &c. Je ne défefpére-
rois pas d'expliquer par le Chinois comment nous les avons allongés , mais ce
n'eft pas ici le lieu d'en faire l'effai.

Page 23.

(*b*) Mr. *Freret* , qui a traité fi favamment la chronologie de Chine , & a cité
avec tant de modeftie des manufcrits inconnus ; Mr. *Freret* rejette ce fentiment :
je refpecte le fien comme celui d'un favant dont la probité , la modeftie & l'immenfe érudition charmeront la poftérité : mais je crois devoir lui préférer celui des
Chinois qui eft fondé fur leur hiftoire. J'ai actuellement fous les yeux un livre où
on a recueilli plufieurs Caracteres *kou-ouen* , qui ont échappé au naufrage des autres ; il me paroît démontré fur leur figure & conformation que les anciens Caracteres étoient des vraies images & fymboles , & non des fignes repréfentatifs arbitraires , fans aucun rapport avec la chofe fignifiée. Ceux qui ont traité le plus à
fond cette matiere parmi les Chinois , défignent les anciens Caracteres par les
noms de *fiang* image , *bing* figure , & gémiffent de ce que la plupart font perdus.

F

Page 13.

(*i*) Je l'ai conjecturé d'après les Caracteres *kou-ouen*, où j'ai trouvé des figu-res affez bien deffinées, en fuite réduites à un croquis affez informe, & puis à quelques traits.

Page 14.

(*k*) Il y en a qui en comptent jufqu'à 7, qu'ils tracent ainfi (*), — mais c'eft une différence peu effentielle & qui ne mérite pas attention.

Page 14.

(*l*) J'ai choifi exprès pour exemple 1°. des Caracteres élémentaires, c'eft-à-dire du nombre des 200 dont nous avons parlé, afin qu'on puiffe juger jufqu'où les variantes ont pu défigurer les Caracteres compofés des 708 autres, où l'on compte jufqu'à quarante & cinquante des traits, dont nous avons tracé la figure dans la Note précédente. 2°. Les Caracteres qui étoient jadis des vraies ima-ges, afin qu'on touche au doigt & à l'œil comment ils ont été décompofés & mé-tamorphofés.

Page 15.

(*m*) Il y a plufieurs raifons de l'obfcurité des *king* qu'il feroit trop long de déduire ici; mais il me paroît très-certain que l'altération des Caracteres a dû changer le fens de bien des textes. Cette altération eft fi fenfible, que quoique l'édition commune foit la feule qui faffe foi, les commentateurs ne craignent pas de propofer des doutes fur plufieurs Caracteres, & de prouver felon la maniere dont ils expliquent un texte, que tel & tel Caractere doit être écrit différemment de ce qu'il eft; ils ont même le courage de dire que plufieurs font faux & errés.

Page 15.

(*n*) Le travail des Editeurs étoit d'autant plus difficile que les manufcrits d'alors étoient des planchettes de *bambou*, qui n'ayant échappé aux flammes que parce qu'elles avoient été cachées dans les tombeaux, les creux des murailles, &c. elles étoient rongées des vers, pourries ou à demi effacées en bien des endroits. Or comme l'écriture étoit changée, il étoit doublement difficile de les déchiffrer. Enfin comme ces manufcrits furent trouvés dans différentes Provinces de petits

---

(*) NB. C'eft ici la huitieme forme du fecond Caractere.

Royaumes, dont l'écriture étoit différente, cette diversité augmentoit l'embarras & ajoutoit à cette énigme.

Page 16.

(o) Quand je dis que le Dictionnaire de *Kang-hi* a fixé l'orthographe, cela doit s'entendre en ce sens : que dans les compositions publiques & dans tout ce qui a rapport à la cour, on est obligé de s'y conformer; mais cela n'empêche pas qu'on ne se serve encore dans bien de livres de différentes manieres, soit anciennes, soit abrégées, soit vulgaires, d'écrire le même Caractere. Il est si difficile d'écrire correctement que les plus habiles s'y trompent. Plusieurs Mandarins & Lettrés furent trouvés en faute l'année derniere, parce que l'Empereur remarqua trois ou quatre Caracteres errés dans un volume d'histoire qu'on lui avoit présenté. Ce fut une affaire fort sérieuse, & qui causa la disgrace de plusieurs. Cette rigueur paroît outrée; mais elle est nécessaire. Un Caractere changé ou altéré peut avoir de grandes suites dans les requêtes qu'on présente à l'Empereur, & dans les copies que l'on tire de ses ordonnances.

Page 16.

(p) Le nombre des diverses écritures monte à bien plus de cinq; mais je me suis borné aux principales. Ceux qui savent l'histoire de notre écriture depuis le regne d'*Auguste* jusqu'au quinzieme siecle, ne seront pas surpris de ces variétés. Les Savans qui ont sué à déchiffrer d'anciens manuscrits, comprendront aisément ce qu'il a dû coûter aux Lettrés & aux Antiquaires de Chine, qui étoient aux prises, non pas avec un petit essain de lettres; mais avec un nombre prodigieux de Caracteres différens.

Page 19.

(q) En faisant copier ces inscriptions en assez grand nombre, j'ai eu en vue qu'on peut s'en servir pour chercher dans les Hiéroglyphes ceux qui pourroient ressembler à quelques-uns de ces Caracteres très-anciens, & pour qu'on vît s'il y a quelque jour d'expliquer les uns par les autres.

Page 20.

(r) On ne peut pas savoir cela en Europe : mais se servir de ce Dictionnaire pour les Hyéroglyphes Egyptiens, c'est tout comme si on prenoit un *Robert-Etienne* pour déchiffrer les légendes des médailles & les inscriptions antiques, &c. La raison en est toute simple, le *Tching-tsée-tong* n'a que les caracteres *hing-chou*, & par hazard quelque *Kou-ouen* qu'on trouve encore dans des anciens imprimés. Or il faut tout ce que la Chine a de plus ancien pour les Hiéroglyphes, vu que les derniers même remontent bien haut dans l'antiquité.

F ij

Page 22.

(*ſ*) Dans les grandes révolutions qui ont donné à la Chine de nouveaux maîtres, preſque tous les monumens en cuivre ont été fondus, les bibliotheques des
Empereurs détrônés ont été brûlées avec leur Palais, de ſorte qu'il ne reſte preſque plus de monumens anciens. Les médailles, les arcs de triomphe, les bas-reliefs, les grands édifices, les tombeaux, &c. nous ont conſervé bien des parti-
cularités & des dates de l'Hiſtoire Romaine : en Chine il n'y a rien de tout cela.
Il y avoit autrefois quelque *pei*, ou grandes tables de marbre blanc chargées de caraĉteres : mais à peine en reſte-t-il quelques fragmens. Les Chinois n'ont jamais
eu beaucoup de goût pour ces ſortes de monumens qu'on deſtine à la poſtérité
la plus reculée. A un changement de Dynaſtie on détruit tout ce qui rappelleroit
le ſouvenir de la famille détrônée. On ne fait pas même grace aux tombeaux, &
cela eſt néceſſaire dans un pays où les morts occupent tant de place, &, où il
n'y en a pas trop pour les vivants. L'Empereur a quelques *cou-tong*, *vaſes* &
autres petites pieces fort anciennes; mais outre que la plupart ne ſont chargées
d'aucuns caraĉteres, il n'eſt pas poſſible de les voir. On dit que l'Empereur a
donné ordre de faire graver tous les anciens monumens de l'Empire. Quand cela
ſeroit, ils n'en ſeront pas plus rendus publics.

Page 22.

(*t*) On le croira difficilement en Europe; mais c'eſt un fait : les Chinois ont
une quantité prodigieuſe de livres dans tous les genres, ſur toutes les matieres &
de toutes les formes. De ce côté-là nous n'avons rien à leur apprendre; j'oſe
dire même qu'ils ont des collections & des compilations d'un très-bon goût. Combien d'excellens livres en Chinois qui pourroient inſtruire l'Europe, ſur-tout pour
les loix, le gouvernement, les arts de beſoin, l'hiſtoire naturelle, &c.

Page 22.

(*u*) Pour pouſſer plus loin cette ſorte de recherches, il faudroit avoir une copie exaĉte des Hiéroglyphes qu'on connoît, & je n'ai pu que parcourir quelques
volumes de *Kirker*. Cependant la plus grande difficulté ne vient pas de ce côté-
là ; comme on néglige depuis long-tems les anciens Caraĉteres, qui ſont les
ſeuls dont on peut faire uſage, ce n'eſt qu'en frappant à bien des portes, & en
s'adreſſant à des Antiquaires, qu'on peut avoir ce qui reſte de *kou-ouen*. Or c'eſt
bien difficile pour un étranger, encore plus pour un Miſſionnaire, qui n'a pas
un jour à lui. Je dis ce qui reſte de *kou-ouen*; car le nombre de ces ſortes de
Caraĉteres ne va pas bien loin, & je doute même que tous les Caraĉteres de ce
petit nombre ſoient d'une bien haute antiquité : je ne garantirois pas même qu'il
y en eût aucun qui fut du tems de *Rameſſes* & *Seſoſtris*.

Page 24.

[*x*] Il eſt parlé dans le *Chi-king* de quelques plantes & oiſeaux, de maniere à me perſuader qu'on leur attribuoit ſymboliquement bien des propriétés ; mais il eſt très-difficile de ſavoir quels ſont aujourd'hui ces plantes & ces oiſeaux. Les Commentaires ne ſont pas d'accord, & ne donnent que des conjectures pour tout ce qui eſt venu en Chine à la ſuite des ſectes ſuperſtitieuſes & idolâtres, on ne peut pas en faire uſage. Cependant je ne voudrois pas garantir que la *cigogne*, le *cerf*, le *li-chen* & l'*agaric*, n'aient été adoptés par ces ſectes d'après l'antiquité ; j'en ai des preuves démonſtratives pour d'autres choſes. Les *Koua* de *Fou-hi*, par exemple, qui ſont en Chine avant toutes les ſectes, ont été adaptés dans leurs livres à leur dogme & à leur morale. C'eſt bien pis pour les autres *King* : comme il n'étoit pas poſſible d'en rejetter l'autorité, chaque ſecte a pris le biais de les commenter à ſa maniere, & de les entremêler de fables dans le goût de celles dont les Thalmudiſtes & quelques anciens hérétiques ont ſouillé l'Ecriture ſainte. Les Lettrés ne liſent pas ces livres ; mais ils en impoſent aux ſots & aux ignorans, qui, en Chine comme ailleurs, ſont en bon nombre. A ce propos je remarquerai en paſſant que *Vouti*, ſous qui ſe fit la premiere édition des *King*, étoit infatué de toutes ſortes de ſuperſtitions, & que ſa mere, qui étoit lettrée, croyoit à la ſecte de *Foë*. Il pourroit bien ſe faire que cela eût influé dans le choix des critiques & éditeurs qui préſidoient à ce grand ouvrage. Cependant je crois qu'il eſt très-difficile qu'ils ayent rien pu altérer au moins d'eſſentiel. Les Lettrés auroient crié pour des omiſſions, de légeres additions, des préférences dans les variantes, &c. Je n'en répondrois pas : le fait, c'eſt que l'édition d'aujourd'hui a prévalu & que les autres ne ſont plus.

Page 27.

(y) Cela eſt évident, par ce que dit l'Ecriture de l'Egypte, d'*Abimelec*, de *Melchiſedech*, de *Laban*, de *Jetro*, de *Job*, de *Balaam*, de *la Reine de Saba*, d'*Hiram*, Roi de Tyr, de *Ninive*, &c. On en trouve encore bien d'autres preuves dans les Auteurs anciens, comme on peut le voir dans *Voſſius*, *Huet*, *Beaurier*, *Thomaſſin*, *Mourques*, & les autres qui, à l'exemple des ſaints Peres, ont recueilli les précieux reſtes des anciennes traditions.

Page 27.

[*z*] Le profond *Bacon* l'a penſé & l'a cru, *Ipſi certè fatemur*, dit-il, *nos in eam ſententiam propendere, ut non paucis antiquorum Poëtarum fabulis myſterium infuſum fuiſſe putemus, neque nos movet quod iſta pueris ferè & Grammaticis relinquantur & vileſcant ut de ipſis ſententiam contemptive feramus... quin contra.... videntur eſſe inſtar tenuis cujuſdam auræ quæ ex traditionibus*

nationum magis antiquarum in Græcorum fistulas inciderunt. Il faudroit copier tout ce que ce grand homme dit sur ce sujet; mais son ouvrage est entre les mains de tout le monde. Avec un peu de soin & d'application il seroit fort aisé de démêler les faits historiques des Fables dont les Ecrivains postérieurs les ont habillés. Par exemple, qui ne reconnoît pas le Paradis terrestre & l'état d'innocence dans ce que dit le *Sée-ki du grand temps de la nature parfaite*, *Tchang-tse* de l'âge *de vertu épurée?* & le *chang hai king* du pays de délices, nommé *Kouen lun chan*, qui peut douter que *niu-ona* raccommodant les voûtes du Ciel avec une pierre de cinq couleurs, ne soit le fait de '*Noë* & de l'arc-en-ciel défiguré? Mais à propos de *Noë* & du Déluge. Je ne doute pas que les anciens n'aient appliqué à quelques inondations particulieres ce que la tradition leur avoit appris du grand Déluge. Il y a trop de ressemblance entre les Déluges *Egyptiens*, ceux de *Deucalion*, d'*Ogyget*, ceux de *Jucas* de l'Amérique, des *Indiens*, des anciens *Gaures*, &c. pour qu'ils ne soient pas les mêmes racontés différemment; le tems seul où ils les placent en est une preuve. Mais pour ne parler que des Chinois, le Révérend Pere de la *Charme* remarque fort bien dans sa traduction du *Kia-tse hoei ki* [ce sont des annales, elles sont en Europe], que le *Chou-king* ne dit point que le Déluge, dont il est parlé dans le chapitre *Yao-tien*, soit arrivé sous *Yao*. Voici le texte traduit littéralement : *L'Empereur dit, hélas de l'univers! des eaux immenses sont répandues! O qu'elles sont élevées! elles entourent les collines, surpassent les montagnes, elles montent jusqu'au ciel.* Avant d'aller plus loin, il faut remarquer 1°. que c'est un *ex abrupto*, & que ce texte n'est point lié avec ce qui précede. 2°. Que le *Chou-king*, comme tous les livres anciens, est écrit sans emphase & sans poésie, & qu'ainsi il faut prendre cette phrase dans le sens *obvius*, c'est-à-dire d'un Déluge tel que celui de *Noë*. C'est en effet dans ce sens que le fameux Commentaire de *Kong-in-ta* & les autres expliquent jusqu'à dire : *les bœufs, les chevaux, les chars, tout fut enseveli sous les eaux; eaux si élevées qu'elles paroissoient remplir le vuide qui sépare le ciel de la terre.* Mais dans ce cas où se seroit refugié *Yao* avec toute sa cour? Que seroient devenus les peuples? L'objection est embarrassante, Les Chinois l'ont sentie sans la résoudre.... Selon eux, c'est *Tu* qui remédia au *Déluge*, je traduis ainsi les deux Caractères *hong choui*, qui à la lettre signifient *immenses eaux;* mais dans le chapitre *Yu-kong*, où sont rapportées les travaux de *Yu*, on ne voit que des forêts abbatues, des chemins percés dans les montagnes, de nouveaux lits creusés aux rivieres, des digues élevées contre les crues des eaux, des canaux ouverts pour la communication des Provinces. Ces ouvrages, dont quelques uns subsistent, n'ont aucun rapport avec l'écoulement des eaux d'un Déluge, tel qu'il est décrit au chapitre *Yao tien*. Le célebre *Lopi*, un des plus savans & des plus laborieux Antiquaires de Chine, a senti la difficulté & a cherché à la résoudre. Il dit lui-même qu'il n'a épargné ni peines ni recherches, qu'il a consulté les plus célebres Historiens & Interprêtes, qui tous, selon lui, ne disent que des absurdités ; sur-tout ceux qui prétendent que *Tu* avoit commencé son ouvrage par les endroits les plus bas & les plus près de la Mer. Car, dit-il, *si l'eau s'élevoit au-dessus des montagnes, il est évident qu'elle devoit être en-*

core plus profonde dans les lieux les plus bas ; dans ce cas comment la faire écouler ? Cela ne se peut. Je crois que tout le monde sera de l'avis de *Lo pi* à cet égard. Mais qu'il faille entendre le texte du *Chou-king* dans un sens métaphorique & mystérieux comme il le dit, c'est s'éloigner de la tradition, c'est faire violence au texte, c'est *Deus in machina.* Il me paroît plus simple & plus naturel de dire que les compilateurs ou éditeurs du *Chou-king* auront appliqué fort mal-à-propos à quelque inondation arrivée du tems de *Yao*, ce que l'Historien racontoit du Déluge universel. Cette conjecture est d'autant plus fondée que les critiques Chinois conviennent qu'il y a plusieurs textes du *Chou-king* du *Tchong yong*, &c. qui ont été placés dans des endroits où ils ne font pas de suite, uniquement pour les conserver, parce qu'ils étoient très-authentiques. D'ailleurs la tradition des Savans porte que *Confucius* réduisit à 100 Chapitres les 3540 que contenoit l'ancien *Chou-king*, encore ces 100 Chapitres n'ont-ils pas été conservés, car *Kong ngan koue* ne peut en déchiffrer la moitié, lorsqu'on les trouva sous les *Han* bien des années après l'incendie des Livres, mais ce point & bien d'autres méritent des dissertations détaillées, & elles auroient leur utilité.

Page 28.

[aa] *Lieou tulh tebri* dit qu'en cherchant le sens primitif, les sens intimes d'un caractere, il faut considérer le sens des parties dont il est composé, ce qu'il nomme *y* & le sens qui résulte de leur assemblage qu'il nomme *ebun.* Cette maniere de procéder est aussi sûre que si, par exemple, pour expliquer le mot *tout-puissant*, on examinoit ce que signifie *tout* & *puissant* pris solitairement, & puisqu'on chercha ce qu'ils peuvent signifier ne faisant qu'un seul mot.

Page 28.

[bb] *Tao*, dans le discours ordinaire, signifie *regle, loi, sagesse, vérité, voie, parole.* Dans le texte cité il signifie *la Divinité.* Cette interprétation n'est pas de moi, elle est fondée sur ce que *Lao tse* dit lui-même, le *Tao* est un abîme de perfections qui contient tous les êtres.... Le Tao qu'on peut décrire n'est pas le *Tao Eternel*... Le Tao est à lui-même sa regle & son modele. Et *hoai nan tsée.* Le Tao conserve le Ciel, soutient la terre, il est si élevé qu'on ne peut l'atteindre, si profond qu'on ne peut le sonder, si immense qu'il contient l'Univers, & néanmoins il est tout entier dans les plus petites choses, &c. Le *Chou-king*, dit le cœur du Tao est infiniment délicat & subtile. Je pourrois accumuler bien des textes & des citations; mais de pareilles matieres demandent quelque chose de plus qu'une Note. Et je ne demanderai jamais d'être cru en les traitant, que lorsque j'aurai donné des preuves du meilleur alloi. Ce ne seroit pas si difficile.

Page 29.

(*cc*) Dans la lifte des caracteres que j'ai cru reffembler aux Hiéroglyphes Egyptiens, on trouve le caractere Δ vis-à-vis de l'Hiéroglyphe Δ : mais comme la figure n'eft pas exactement la même, je n'ai pas ofé pouffer mes conjectures jufqu'à l'examen, puis je n'ai pas les livres qu'il faudroit.

Page 31.

[*dd*] Il n'y a qu'à lire le *Chou-ouen* pour en être convaincu. Plufieurs de ces caracteres ont fervi à éclaircir bien d'anciens ufages, coutumes, faits, &c. ce font les Médailles de Chine.

Page 33.

(*ee*) C'eft peut-être à quoi n'ont pas fait affez attention ceux qui ont plaifanté fur les Miffionnaires qui fe recrioient fur l'analyfe de quelques caracteres, & leur allufion fenfible à quelque point de notre croyance; Cicéron fe mocque quelque part de Cryfipe de ce qu'il vouloit faire des Stoïciens, !d'Orphée, d'Héfiode, d'Homere, &c. & il avoit raifon. Mais ce n'eft pas le cas des Miffionnaires qui croyent trouver des traces de la Religion des premiers tems dans les Caractères Chinois. Si la manie des fyftêmes fe mettoit de la partie, il faudroit rire de la bonhommie de ces Miffionnaires, ou plutôt la leur paffer en faveur des découvertes réelles. Mais rejetter tout ce qu'ils difent, parce qu'ils rencontrent mal quelquefois; c'eft couper un arbre au pied, parce que plufieurs de fes fruits ne font pas mûrs, ou font piqués de vers. *Lao tfe dit, les efprits du premier ordre refpectent les plus petites découvertes, & en profitent pour en faire de grandes, ceux du fecond ne les remarquent pas, ou les négligent. Ceux du dernier en viennent aux éclats & montrent leur ignorance.*

La Chine eft le *Pérou* & le *Potofi* de la république des Lettres. Au lieu de chicanner les Miffionnaires, il faudroit les encourager à exploiter des mines fort difficiles à fouiller. L'admirable, c'eft que les Gens de lettres, qui devroient le mieux fentir leur pofition, & qui font les plus délicats critiques, envoyent quelquefois à un pauvre Miffionnaire cinq à fix commiffions littéraires fur différens fujets, dont le moindre, pour être bien traité, demanderoit des années de travail & de recherches à un homme de cabinet, qui auroit tout fon tems à lui. Le proverbe Chinois dit : *fi vous voulez qu'un chou pomme, ne lui ôtez pas le cœur.*

Page 34.

[*ff*] J'en fuis fâché pour ceux qui parlent fi hardiment fur l'athéïfme prétendu des Chinois anciens & modernes; mais je crois facile à prouver hiftoriquement que les anciens Chinois ont connu long-tems & adoré le vrai Dieu, ont eu connoiffance

noiffance même du Meffie à venir. Pour les modernes il peut y avoir des *Athées* & des *matérialiftes* de cœur & de conduite. Les *Fou Kiao*, ou vrais L ettrés font Théiftes dans la fpéculation, & peu dans la pratique, à en juger par ce qui paroît. Pour le peuple, il eft clair qu'il n'eft pas Athée. Quoiqu'on en dife, je foutiens qu'on feroit couper la tête ici, ou même mettre en pieces, un auteur qui impri- meroit certaines maximes que j'ai lues en Europe, dans des livres, malheureufe- ment trop répandus. Le tolérantifme Chinois ne va pas jufqu'à ce qui attaque la fubftance des loix & les premiers liens de la fociété. A propos du prétendu athéif- me des Chinois; je dis fans détour que c'eft calomnier l'Eglife Romaine, que de dire qu'elle a déclaré que les Chinois étoient des Athées : il n'y a que des forcé- nés, des ennemis de tout bien, qui puiffent tenir un langage fi calomnieux & fi faux. Tout ce que Rome a décidé, c'eft que les Miffionnaires ne fe ferviroient pas des mots *Tien* & de *Changti* pour annoncer le vrai Dieu, parce qu'elle a cru que la fignification de ces mots n'étoit pas affez claire, affez précife, affez formelle & affez exempte du foupçon, des équivoques & de fuperftition, & qu'elle a voulu que le nom facré du Très-Haut fût auffi pur, auffi facré, auffi augufte, qu'il peut l'être parmi les idolâtres, n'étant qu'à lui, ne caractérifant que lui, & le re- préfentant toujours plein de majefté, de fainteté, de toute-puiffance, de gran- deur, de miféricorde &. de juftice. C'eft un point de difcipline qu'elle a dé- cidé, & non un point de grammaire & d'hiftoire Chinoife. Malheur à ceux qui veulent rendre fes décrets odieux, pour rendre les Miffionnaires haïffables.

Page 35.

[gg] Je fais que le fuffrage des vrais Savans & des gens de bien les en dédommage ; mais un Miffionnaire doit toujours être inconfolable de fe voir cité dans des ouvrages de ténebres & de menfonges.

Chou	pou	tfin	yen	yen	pou	tfin	y.

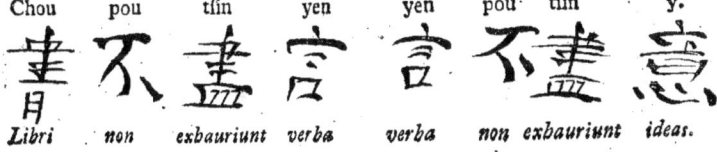

Libri	*non*	*exhauriunt*	*verba*	*verba*	*non*	*exhauriunt*	*ideas.*

PERMISSIO.

*M*anuscriptum cui titulus, Lettre sur les Caracteres Chinois, imprimi potest; actum Bruxellis, hac 24 Decembris 1772.

C. J. LEYNIERS, librorum Censor.

APPROBATION.

LE Manuscrit intitulé, *Lettre sur les Caracteres Chinois*, peut être imprimé; fait à Bruxelles, ce 12 Décembre 1772.

G. J. DE LIMPENS, Conseiller Procureur-Général de S. M. en Brabant.

Traduction des mots Anglois qui fe rencontrent dans les Planches.

1. Planche.   *Les Caracteres appellés* Tchouen Tfée.

2. Planche.   *Les Caracteres appellés* Li Tfée.

3. Planche.   *Les Caracteres appellés* Hing Chou.

4. Planche.   *Les Caracteres vulgaires appellés* Toao Tfée.

5. Planche.   Kou oven.

C'eft ici la plus ancienne écriture.

Dart, Arrow, Dard, Fleche.	Word, Parole.	Speech, Faculté de parler	Connection, Liaifon.	Direct, aim, Diriger, vifer	Rich abounding, Riche abondant.		
Water, Eau.	That which is above, Ce qui eft au-deffus.	Vafe or veffel, Vafe ou vaiffeau.	Tomb, Tombeau.	To fear, Craindre.	Star, Etoile.	Pullet, Poulet.	
Rain, Pluie.	Hall of the ancefters, Salle des ancêtres.	Subject to a Prince, Sujet d'un Prince.	Juftice, Juftice.	Mifshapen, Difforme.	Friend, Ami.		
Bird that flies, Oifeau qui vole.	Rain. Pluie	Window, Fenêtre.	Glave or short fword Glaive ou petite épée.	Leaf, Feuille	* Sépulchre. Burying place,		
An ox, Bœuf.	Ox or cow, Bœuf ou vache.	That which is withdrawn which is not even, Ce qui eft retiré, qui n'eft pas égal.		Brightnefs, Clarté.	Gate, Porte		
Bird, Cifeau.	Bow, Arc.	Hog or Pig, Porc ou cochon.	Lamb, Agneau.	Tyger, Tigre.	Nail, Clou.	Deep waters, Eaux profondes.	
Bough or branch, Branche.	** Dragon or ferpent, Dragon.	Rat, Rat	Singing of a bird, Chant d'oifeau.	Solid, fixed, Solide, fixe.			
Hill, hillock, Colline, éminence	That which is beneath, Ce qui eft au-deffous.	Sprig fefamum, Rejetton, fefame.	Dragon, Dragon.	Horfe, Cheval	Lion, Lion.		

---

* Cette lettre eft la véritable image des Sepulchres Chinois; il y a des arbres tout au tour; & au milieu un oval folide, ou bafe fur laquelle s'éleve une pyramide de terre, qui eft au-deffus du cercueil.
** Il eft furprenant que la figure ou caractere du dragon ou ferpent ait les deux figures ΔΔ. qui font les figures abrégées de l'homme: pourquoi deux hommes à l'oppofite du ferpent.

                                                    ii

6 Planche.

Field, Gate, Union, To stop or stand still, To sit, Head, face, limit or boundary,
Champ. | Porte. | Union. | S'arrêter. | S'asseoir. | Tête, visage, limite ou borne.

Nail, Bright, to comprehend, Very high, Chamber with window, To shoot,
Clou. | Brillant, comprendre. | Très-élevé. | Chambre avec fenêtre. | Tirer.

Dew Rising sun, Dog, To sit, Stars, Heavens, Fishes, Basin, dish,
Rosée, soleil levant. | Chien. | S'asseoir. | Etoiles. | Cieux. | Poissons | Bassin, plat.

That which is hollow within, Small little, Certain fish which has fine eyes always open,
Ce qui est creux en dedans. | Petit. | certain poisson qui a les yeux beaux & toujours ouverts.

Spring of water, Earth, Machine on which hung the presents of the Emperor to his
Source d'eau. | la terre. | vassals, who came to do homage,
Machine où étoient suspendus les présens de l'Empereur à ses Vassaux, qui vinrent lui rendre hommage.

Elephant, Dwelling, Tower, ** Rectitude, Great waters, Sun, Square,
Elephant. | Demeure. | Tour. | Droiture. | Grandes eaux. | Soleil. | Quarré.

Curve, cheat, Garden, Two, That which contains, Mountain, Moon, Round,
Courbe, fripon. | Jardin. | Deux. | ce qui contient. | Montagne. | Lune. | Rond.

House with stories, Buckler, Vessel for sacrifices, Child in the Womb.
Maison à plusieurs étages. | Bouclier. | Vase pour les sacrifices. | Enfant dans le sein de sa mere.

Chain of mountains, The half moon in sign, Three Well,
chaîne de montagnes. | la demi-lune dans un signe. | trois. | Puits*

7 Planche.

Ancient characters of fish, Ancient Characters of turtles, Chains, Eye.
anciens caractères de poissons. | anciens caractères de tortue. | chaîne. | œil.

Hatchet, to repress, subdue, Cage, Palace, Rice in blade Breast,
hache, supprimer, soumettre. | cage. | palais. | ris en herbe. | sein ou mammelles.

Swallow, Flesh, Fishes, House, Present character of fish, Of turtle,
Hirondelle. | chair. | poissons. | maison. | caractères modernes de poisson. | de la tortue.

Mouth, Wine vessel,
bouche. | pot à vin.

---

* C'est encore là la forme de l'ouverture des puits Chinois. Cette ouverture est fort etroitte afin que les femmes ne puissent pas s'y jetter par désespoir.

** Ce caractère est composé de ⸺ qui signifie obéir au Ciel, & de ⸺ qui signifie cœur, ⸺ est composé de + dix, croix, ⸺ œil, & ⸺ qui signifie perte, mort.

8. Planche.

Ancient character of grand children defcending,   Ancient charactere of chariot,
aucien caractere des petits fils en defcendant.   ancien caractere de chariot.
Prefent Charactere of chariot,
caractere d'à prefent du chariot.

9 Planche.

Chinefe characters approaching to fome hieroglifics of Egypt,
Caractercs Chinois approchant de quelques hyérogliphes d'Egypte.

Car. Chin. Mod. Anc.	Hyéroglip. d'Egypte.	Caracteres Chinois. Moderne.	Hydroglip. d'Egypte. Ancien.
Vafe, métaphore, dignité.		Hung, fuperior, Sufpendu, fupérieur.	
To lick, lécher.		Ten, dix.	
* That which is beneath, Ce qui eft au-deffus.		Nine, neuf.	
Branch, branche.		Sprout, fork, Rejetton, fourche.	
To fpout, To push, Jaillir, pouffer.		Roof, toît.	
Mouth, bouche.		Even, Twilight, Soir, crépufcule.	
Land uninhabited, Terre inhabitée.		The moon, la lune.	
Field, champ.		Face, vifage.	
Kingdom, Royaume.		To ftrip bones of flesh, décharner des os.	

Second Caractere d'à prefent des petits fils en
defcendant.

10 Planche.

Caracteres Chinois. Mod. Ancien.	Hyérog. d'Egypte.	Car. Chin. Mod. Anc.	Hier. Egyp.
Square, quarré.		Five, cinq.	
Divination.		Moon, lune.	
Round, rond.		Concupifcence, concupifcence.	
Hollow within, creux en dedans.		To intrigue, machiner.	
Mouth, bouche.		Work, travail ou ouvrage.	
Five, cinq.		Deep, profound, profond.	

* Cela fe dit de la terre par rapport au Ciel.

10 Planche.

Union.

Evening, le foir.

Immoveable, immobile.

Union.

Knot or brace of a drum,
Nœud ou cordon de tambour.
Par metaph. tempérance.

Flesh colour, couleur de chair.

Peftel of a mortar, pilon de mortier.

Grafs, herbe.

11 Planche.

Caract. Chinois. Hyerog. Egyt.	Car. Chin. Hyer. Egyp.
Vafe, veffel for wine, vaiffeau pour le vin,	Scythe, faulx.
Now, maintenant.	Thirty, trente.
Singular, monftrous, Singulier, monftrueux.	Eye, œil.
Directed, pointed upward, Pointé en haut,	To compare, comparer.
	Tree, arbre.
Ice, glace.	Twenty, vingt.
To repofe, reft, repofer.	Left hand, main gauche.
Bow, arc.	Bench, banc, table.
Veffel, vaiffeau.	Regifter, writing, regiftre, écriture.
To deceive, tromper.	Mifshapen, difforme.
Vafe for the ceremonies of anceffers, Vafe pour les cérémonies des ancêtres.	

12 Planche.

Char. Chin. Hyéroglyphes d'Egypte.
Mod. anc.
Chief, That which is abolfe,
Chef, ce qui eft au-deffus.

Perfect, parfait. Firft, premier.

Great, large opening,
Grande ouverture.

To cover, that which covers,
couvrir, ce qui couvre.

Lord, mafter,
Seigneur, maître.

Oppofite, contrary,
Oppofé, contraire.

Pl. 24.

Pl. 25.

A Vase whicht is thought be of the Dynasty of te Chang. The height is . foot, 3 lines; the aperture 5 inches, 2 lines, the depth 7 inches 1 line; French measure: it weighs about 2 pounds.

Vase qu'on croit de la Dynastie de. *Chang.* Il est haut d'un pied trois lignes, il a 5 pouces 3 lignes d'ouverture, 7 pouces 1 ligne de profondeur. Il pese deux livres environ.

This Vase, & the two following, are remarkable for the crosses which one sees clearly traced therein. I have found several others of this form, with crosses; of which the Chinese say nothing. Nevertheless, as these vases were for sacrifices: & as they are the only ones that haves crosses; it is not credible, that this should be pure chance However, since they have no inscription upon them; I would not warrant their being so ancient, as the Chinese antiquary says they are. Perhaps they mount no higher than to the Han : or. even the Tang.

Ce Vase & les deux suivans sont remarquables par les croix clairement tracées qu'on y voit J'en ai trouvé plusieurs autres de cette forme avec des croix dont les Chinois ne disent rien, cependant comme ces vases étoient pour les sacrifices, & que ce sont les seuls où l'on trouve des croix, il n'est pas croyable que ce soit un pur hazard. Comme ils n'ont aucune inscription, je ne voudrois pas garantir qu'ils fussent aussi anciens que le dit l'antiquaire chinois, peut-être ne remontent-ils que jusqu'à Han ou même au Tang.

Pl. 26.

A Vase which is thought to be of the Dynasty of the Tcheou. The hieght is of 5 inches 5 lines; withan aperture of 4 inches, 3 lines: & the depth 4 inches 1 line. It weighs a little more than 12 ounces.

Vase que l'on croit de la Dynastie *Tcheou*, il est haut de 5 pouces, 5 lignes, sur 4 pouces. 3 lignes d'ouverture, 4 pouces, 1 ligne de profondeur. Il pese un peu plus de douze onces.

Pl. 27.

Another Vase of the same Dynasty : in height 6 inches, 5 lines; the aperture 4 inches, 2 lines, the depth 4 inches, 3 lines, weight 13 ounces.

Autre Vase de la même Dynastie, haut de 6 pouces, 5 lignes, sur 4 pouces, 2 lignes d'ouverture, 2 pouces, 3 lignes de profondeur. Il pese 13 onces,

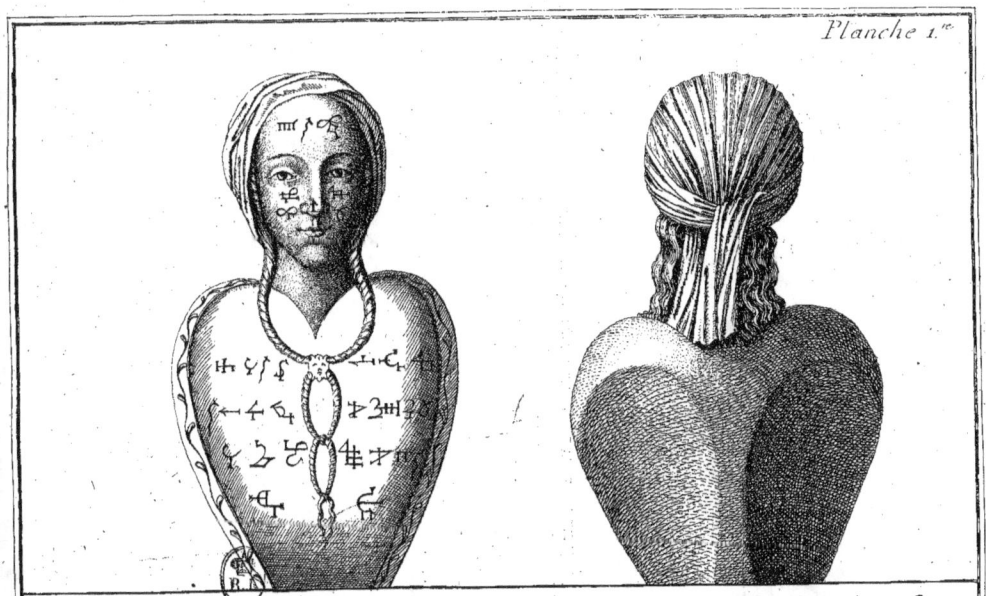

Inscriptio Ægyptiaca antiquissima exarata similacro ex marmore nigro Ægypti confecto,
et asservato Taurini; quod Deam Isidem, ut volunt plurimi, repræsentat

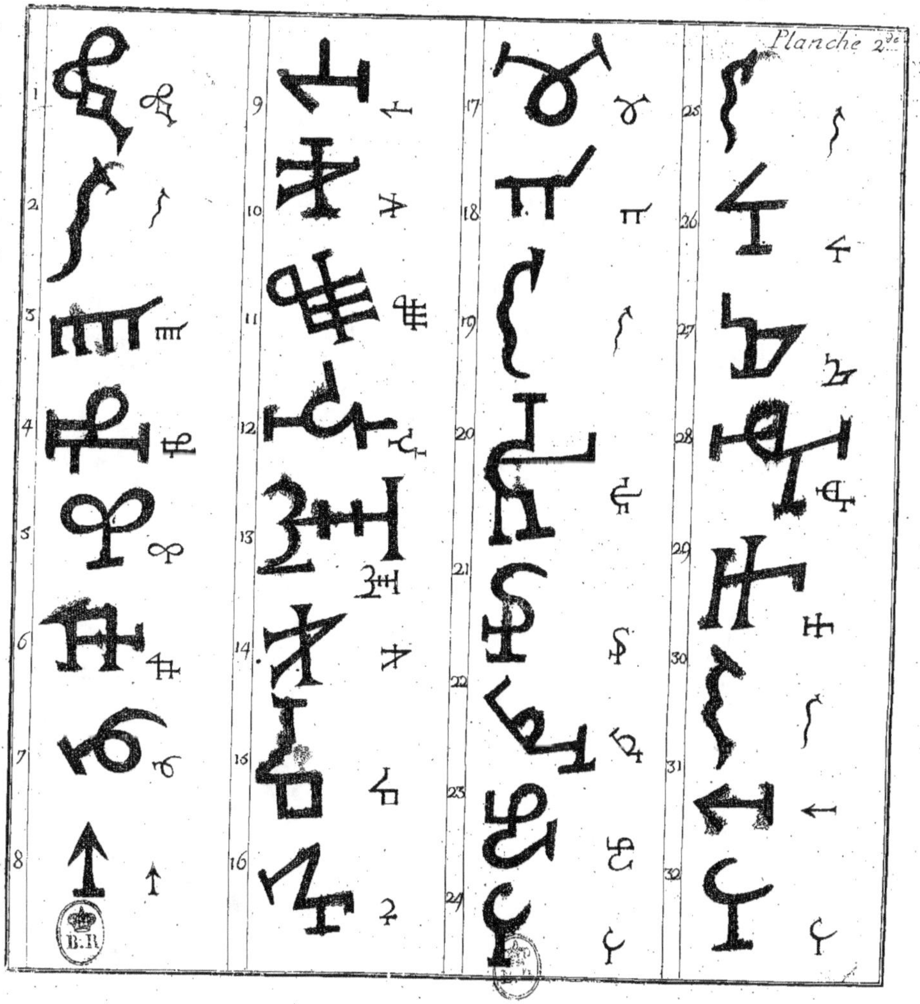
Planche 2de

Philos.Trans.Vol.LIX. TAB. XX. p. 504.

The character called *Tchouen Tsée*.

J. Mynde sculp.

The character called Li Tsée.

人　舊　藏　格　什　匹　篆

亙　有　兵　制　百　艸　圓

編　福　燹　歐　豪　斜　緣

次　州　存　趙　叕　軋　書

奇　剗　什　奮　門　古　丂

字　前　二　豪　競　碑　楷

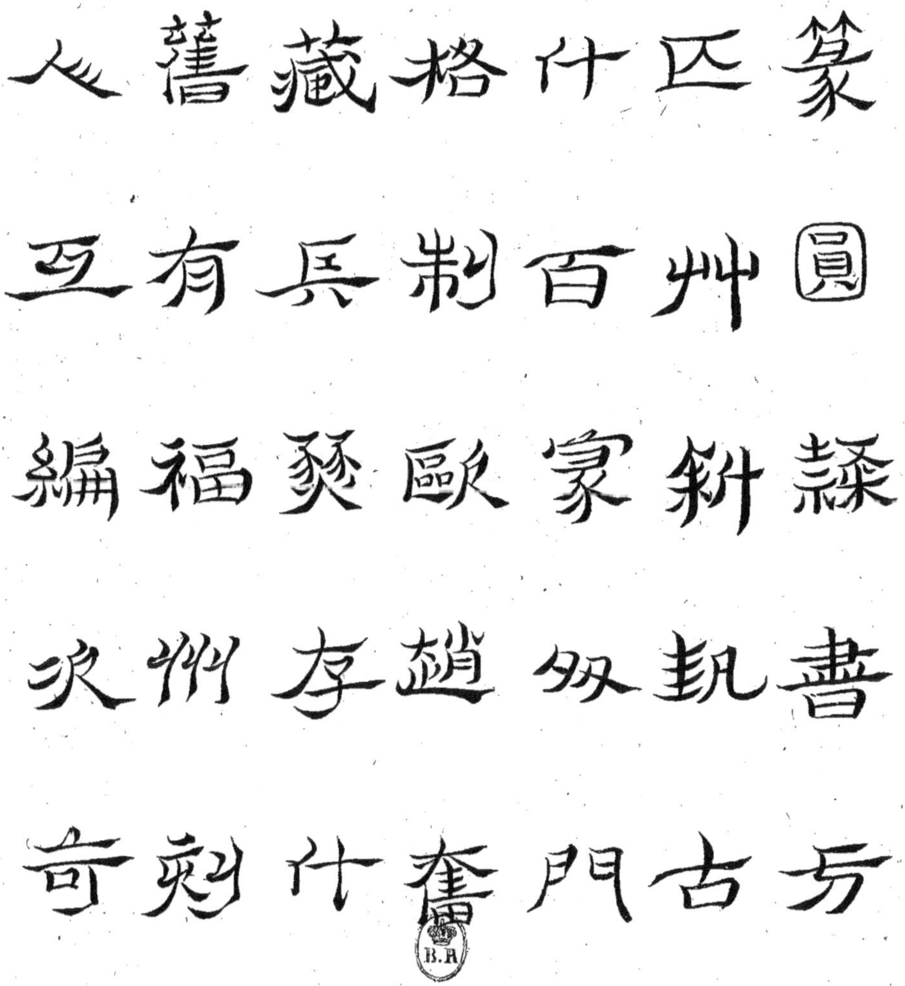

The character called Hing Chou.

羹	菌	雀	兔	鵑	若	賴
米	荔	巢	雛	鵝	祆	覓
撼	蕊	樝	鳳	駛	庶	纔
麥	苗	楊	隻	鼯	歷	屬
飡	鹹	李	蠶	龜	鴦	獻
蕭	鹽	秋	鼠	鼇	鸞	敲

The vulgar character, called Tsao Tsée.

This is the most ancient Writing.

Dart Arrow	Word Speech	Connection	Middle	To direct Aim		Rich abounding

Water	That which is above	Vase or Vessel	Tomb	To fear	Star	Pullet

Rain	Hall of the Ancestors	Subject to a Prince	Justice	Mishapen	Friend	Bird that flies

Rain	Window	Glave, or short sword	Leaf	+ Burying Place	An Ox	Ox or Cow

That which is withdrawn retire, which is not even	Brightness	Gate	Bird	Bow	Hog or Pig	Lamb

Tyger	Nail	Deep waters	Bough, or Branch	++ Dragon or serpent	Rat	Singing of a bird

Solid fixed	Hill, Hillock	That which is beneath	Sprig Sesamum	Dragon	Horse	Lion

+ This letter is a true likeness of the Chinese burying places: round are trees; & in the middle, an Oval Solid, or Base, on which is raised the Pyramid of Earth which is over the Coffin.
++ It is singular, that the figure (or character) of Dragon or Serpent, should have in it the two figures ∧, ∧, which are the abridged figures of Man, why two Men overagainst the Serpent.

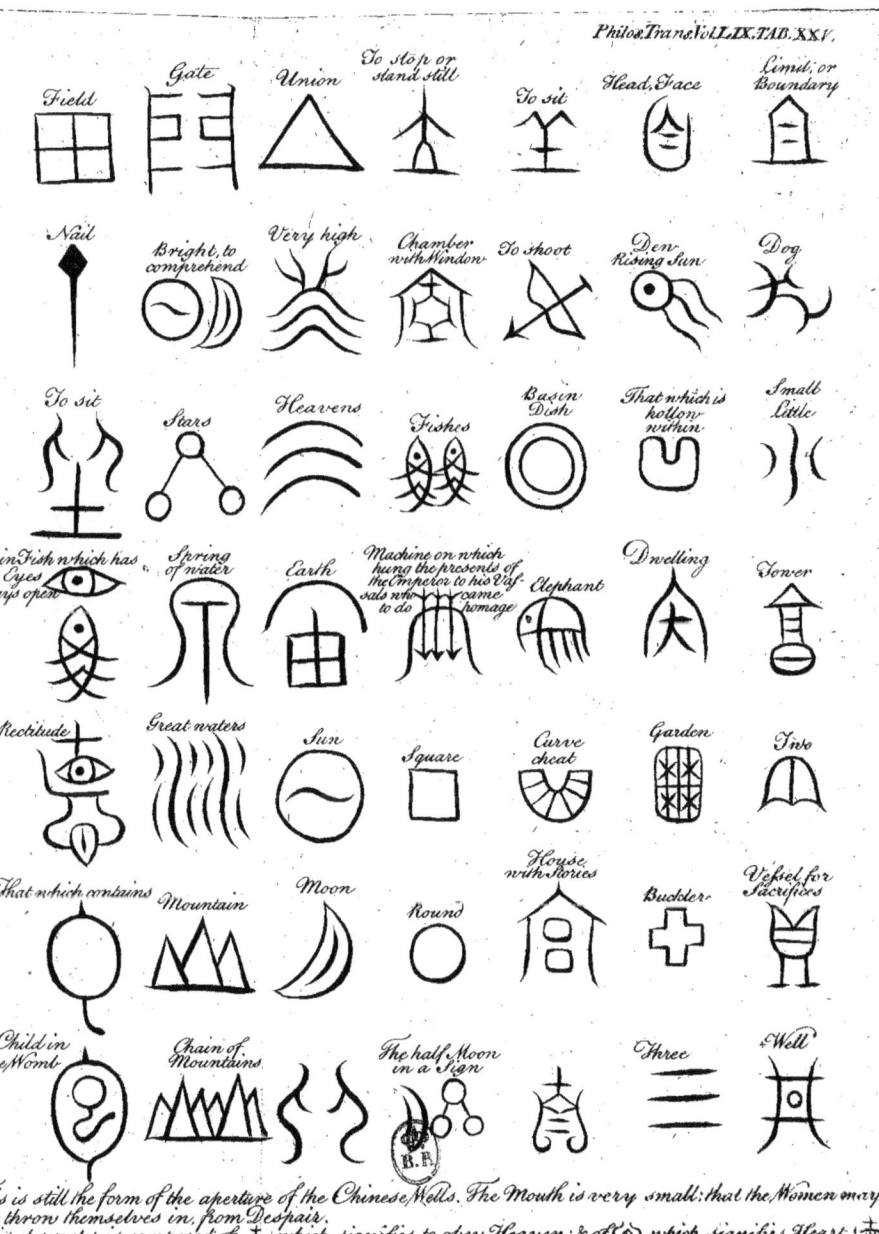

Field   Gate   Union   To stop or stand still   To sit   Head, Face   Limit, or Boundary

Nail   Bright, to comprehend   Very high   Chamber with Window   To shoot   Den, Rising Sun   Dog

To sit   Stars   Heavens   Fishes   Basin Dish   That which is hollow within   Small Little

Certain Fish which has fine Eyes always open   Spring of water   Earth   Machine on which hung the presents of the Emperor to his Vassals who came to do homage   Elephant   Dwelling   Tower

++ Rectitude   Great waters   Sun   Square   Curve cheat   Garden   Two

That which contains   Mountain   Moon   Round   House with Stories   Buckler   Vessel for Sacrifices

Child in the Womb   Chain of Mountains   The half Moon in a Sign   Three   Well

+ This is still the form of the aperture of the Chinese Wells. The Mouth is very small; that the Women may not throw themselves in, from Despair.

++ This character is composed of ☰ which signifies to obey Heaven; & of ♡ which signifies Heart. ☰ is composed of + ten, cross, ◉ Eye, & ⌣ which signifies Loss, Death.

Ancient character of grand children descending

Ancient character of Chariot

Present character of Chariot

Id (repeated throughout the figure as labels for each character)

Id   *Id.*   *Id*   *Id*   Ancient character of grand children descending   *Id*   Ancient character of Chariot

Id.   *Id*   *Id*   *Id*   *Id*   *Id*   *Id*

Id.   *Id*   *Id*   *Id*   *Id*   *Id*   *Id*

Id   *Id*   *Id*   *Id*   *Id*   *Id*   *Id*

Id   *Id*   *Id*   *Id*   *Id*   *Id*   *Id*

Id   *Id*   *Id*   *Id*   *Id*   *Id*   *Id*

Id   *Id*   *Id*   *Id.*   *Id*   Present character of Chariot   *Id*

9 Chinese characters approaching to some Hieroglyphics of Egypt.

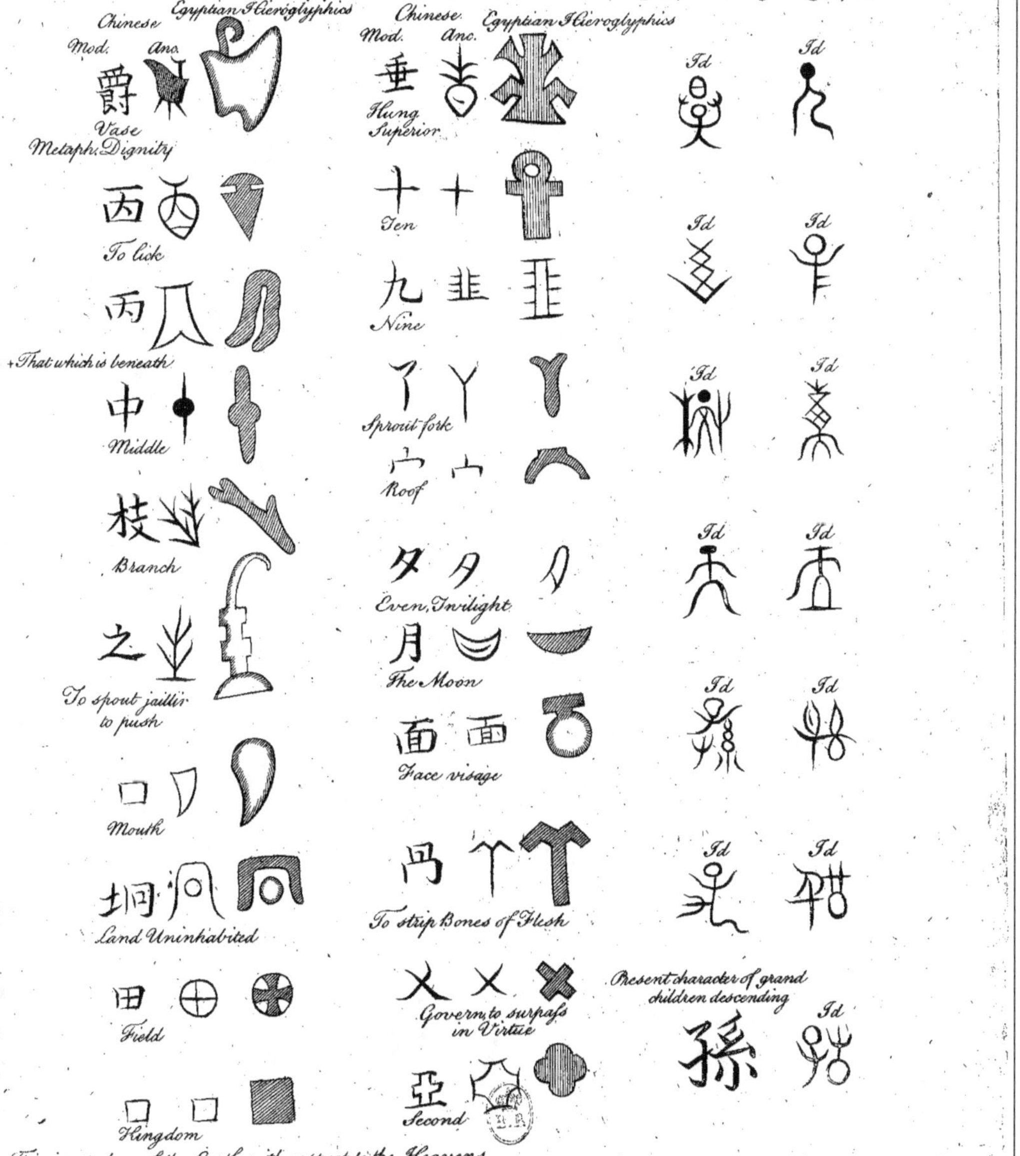
Chinese
Egyptian Hieroglyphics
Mod.
Anc.
Chinese
Mod.
Anc.
Egyptian Hieroglyphics
Id
Id
爵
Vase
Metaph. Dignity
垂
Hung
Superior
西
To lick
十
Ten
Id
Id
丙
九
Nine
+ That which is beneath
Id
Id
中
Middle
了
Sprout fork
宀
Roof
枝
Branch
夕
Even, Twilight
Id
Id
之
To spout jaillir
to push
月
The Moon
Id
Id
面
Face visage
口
Mouth
冎
To strip Bones of Flesh
Id
Id
坰
Land Uninhabited
田
Field
乂
Govern, to surpass
in Virtue
Present character of grand
children descending
孫
Id
亞
Second
Kingdom

+ This is spoken of the Earth, with respect to the Heavens.

Chinese Char.^{s} Mod.	Anc.	Egyptian Hieroglyphics
方 Square		
卜 Divination		
圓 Round		
凵 Hollow within		
口 Mouth		
五 Five		
合 Union		
夕 Evening		
且 Immoveable		
合 Union		B.R.

Chinese Ch.^{rs} Mod.	Anc.	Egyptian Hieroglyphics
五 Five		
月 Moon		
月 Moon		
基 Concupiscence, to Intrigue		
工 Work		
淵 Deep, Profound		
節 Knot, or Brace of a Drum Metaph Temperance		
丹 Flesh Colour		
杵 Pestel of a Mortar		
草 Grass		

Continuation.

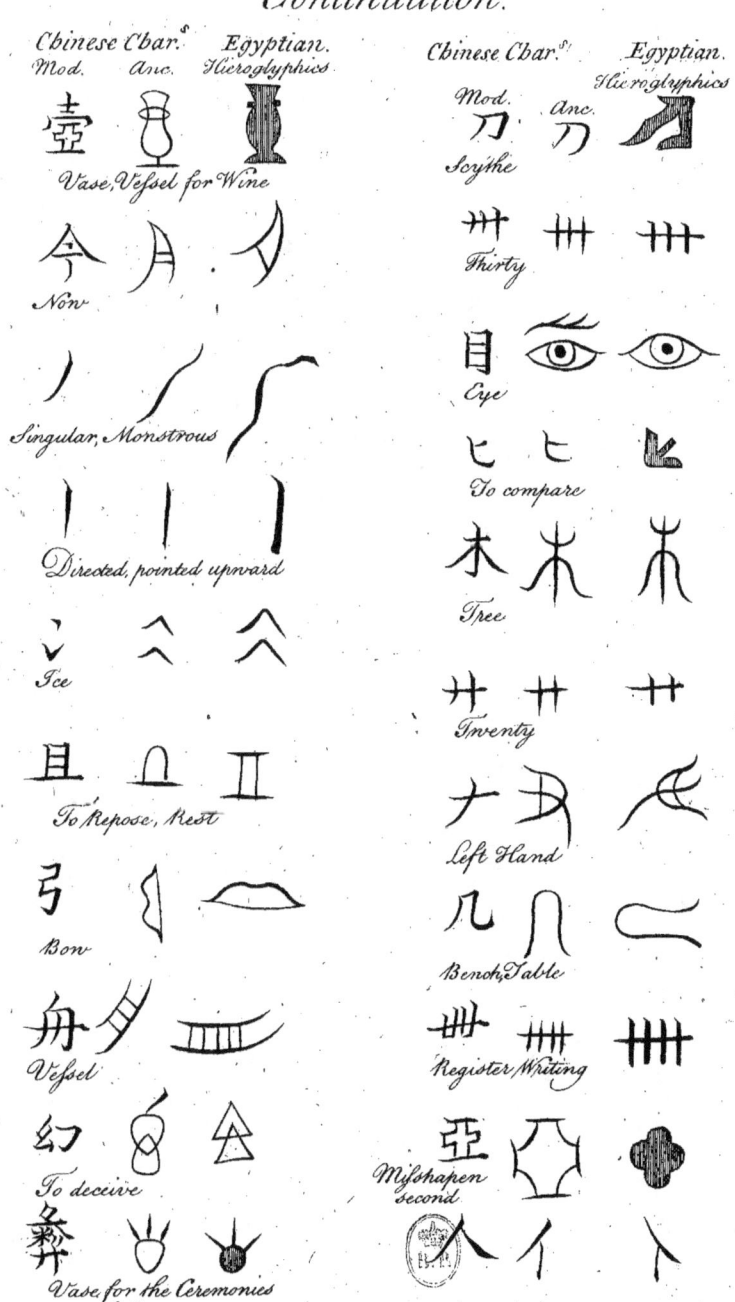

Chinese Char.^s
Mod.   Anc.
Egyptian.
Hieroglyphics

Vase, Vessel for Wine

Non

Singular, Monstrous

Directed, pointed upward

Ice

To Repose, Rest

Bow

Vessel

To deceive

Vase for the Ceremonies of Ancestors

Chinese Char.^s
Mod.   Anc.
Egyptian.
Hieroglyphics

Scythe

Thirty

Eye

To compare

Tree

Twenty

Left Hand

Bench, Table

Register, Writing

Misshapen second

Continuation.

Chinese Char.ˢ		Egyptian
Mod.	Anc.	Hieroglyphics

上 上

Chief, that which
is above

— —

Perfect first

Ͱ Ͱ

Great, Large opening

Ͳ Ͳ

To cover that which
covers

主 ﹅

Lord, Master

干 Ψ Ψ

Opposite, contrary

個 个 个

Numerical character
of Men

月 月

Flesh

木 木

Tree

甲 甲

Pellicle, Skin which
surrounds Buds, Cuirasse

囚 囚

凵 凵

Large, Great,
opening

Inscriptions which are thought to be of the Dynasty of the Chang.

Inscriptions which are thought to be of the Dynasty of the Tcheou.

Inscriptions found upon Ancient Vases which are thought to be of the Dynasty of the Chang.

25

Continuation.

Philos.Trans.Vol.LIX.TAB.XXXIV.

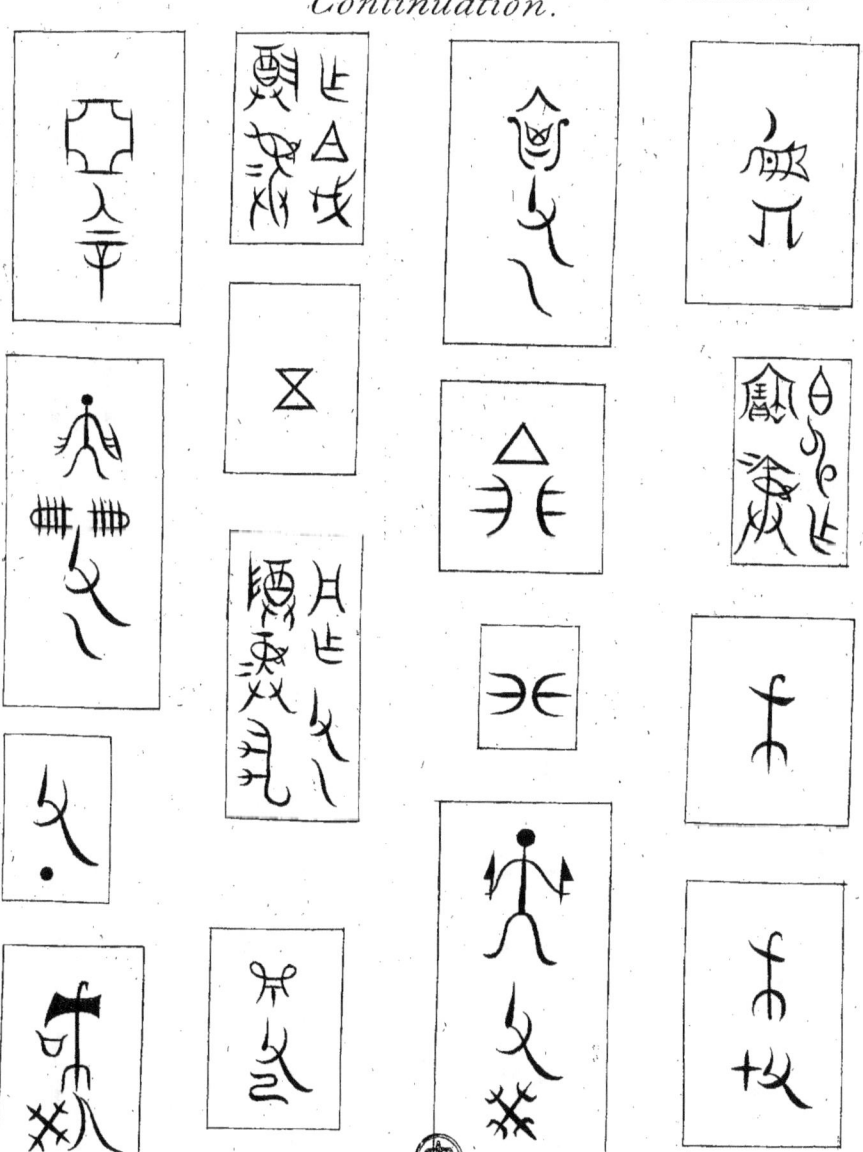

Philos.Trans.Vol.LIX. TAB.XXXV.

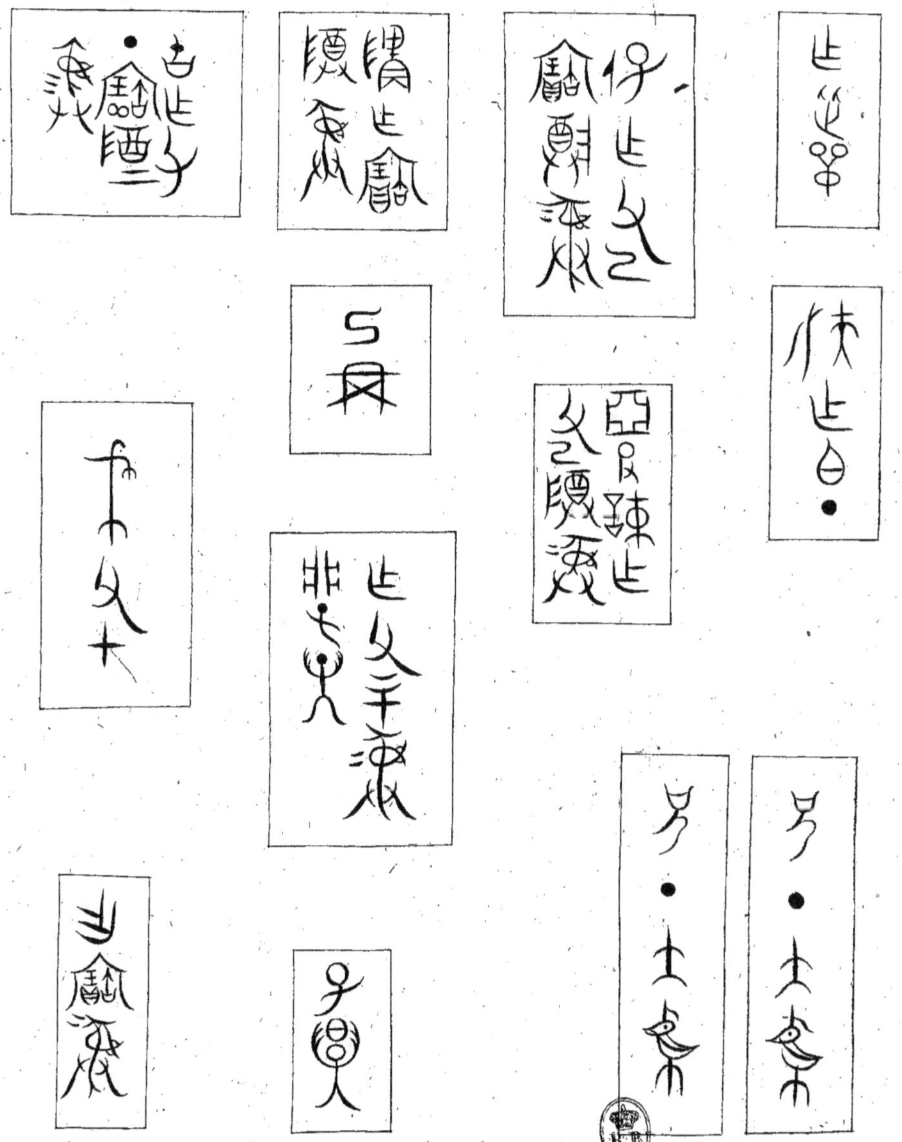

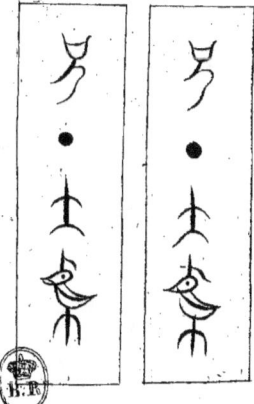

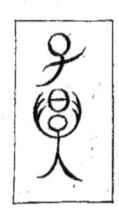

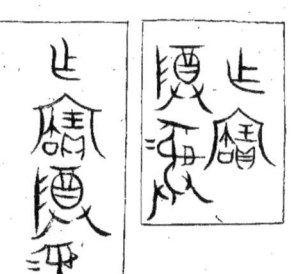

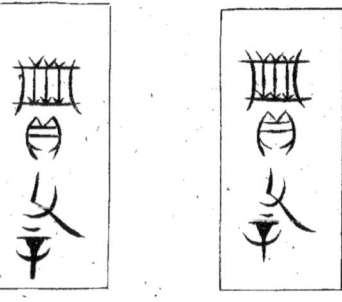

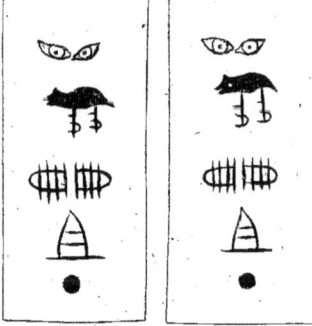

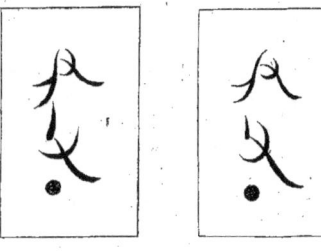

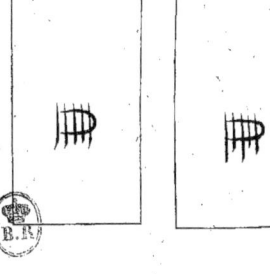

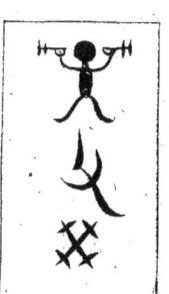

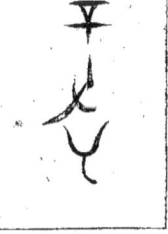

Philos.Trans.Vol.LIX. TAB.XI.

Chinese Antiquities.

Bows & Case

Carpenters Axe

Axe used in War

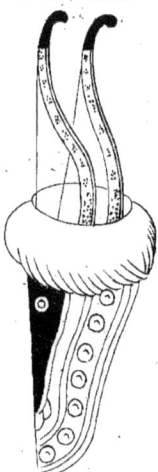

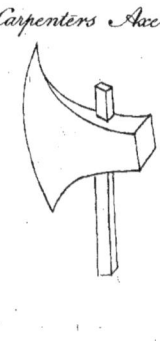

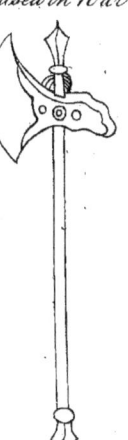

Horse Caparisoned.

Continuation.

Bonnet

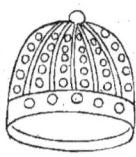

Statue of a Lamb

Bonnet of Sacrifices

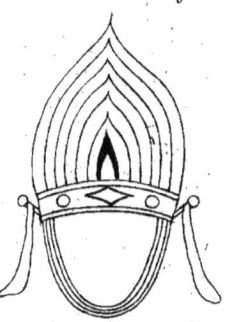

Bonnet

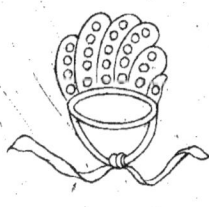

Casquet

Bonnet of Ceremony

Continuation.

Vessel for the Hall of Ancestors

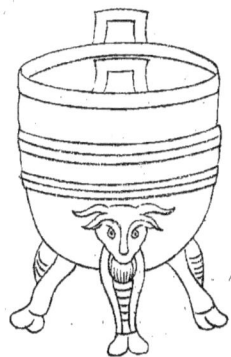

Bell

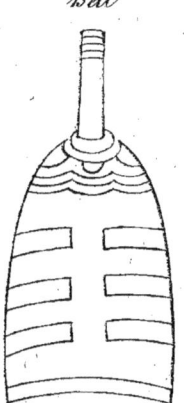

Vessel for the Hall of Ancestors

Vessel for the Hall of Ancestors

Continuation.

A Vase which is thought to be of the Dynasty of the Chang. The height is 1 Foot, 3 Lines; the Aperture, 5 Inches, 2 Lines; the depth, 7 Inches, 1 Line; French Measure. It Weighs about 2 Pounds.

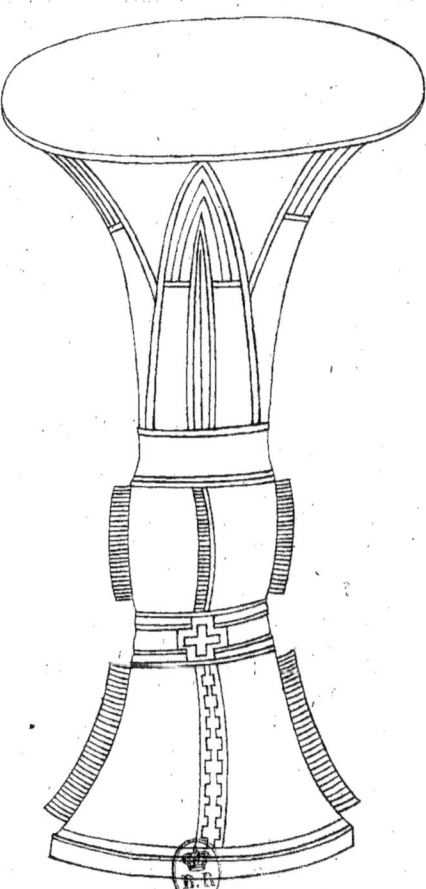

This Vase, & the two following, are remarkable for the Crosses which one sees clearly traced therein. I have found several others of this form, with Crosses; of which the Chinese say nothing. Nevertheless, as these Vases were for Sacrifices; & as they are the only ones that have Crosses: It is not credible, that this should be pure chance. However, since they have no inscription upon them; I would not warrant their being so Ancient, as the Chinese Antiquary says they are. Perhaps they mount no higher than to the Han; or, even the Tang.

26

A Vase which is thought to be of the Dynasty of the Tcheou. The height is of 5 Inches. 5 Lines; with an Aperture of 4 Inches. 3 Lines; & the depth. 4 Inches. 1 Line. It Weighs a little more than 12 Ounces.

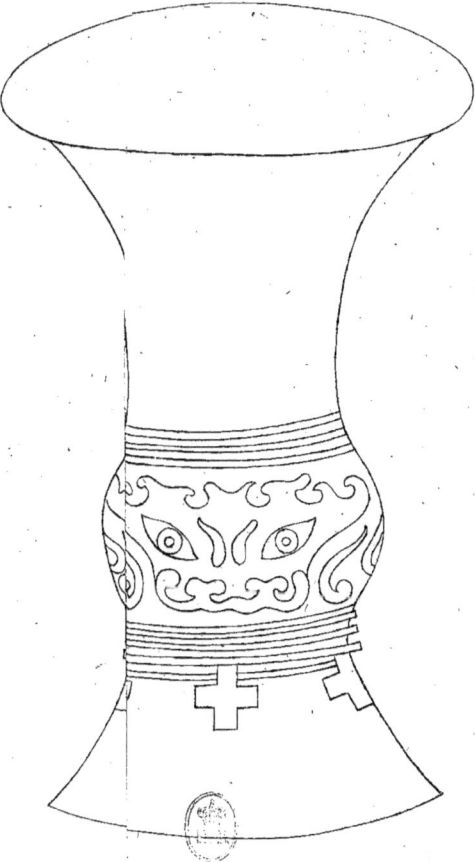

Another Vase of the same Dynasty; in height 6 Inches, 5 Lines; the Aperture 4 Inches 2 Lines; the depth 4 Inches 3 Lines; Weight 13 Ounces.

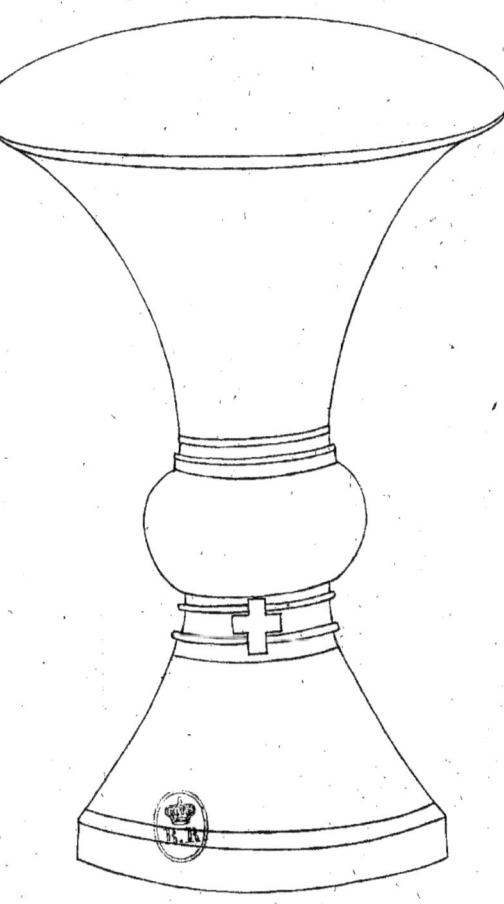

www.ingramcontent.com/pod-product-compliance
Lightning Source LLC
Chambersburg PA
CBHW051140260626
47170CB00005B/1903